스텔라

TAKIS WÜRGER

스텔라

타키스 뷔르거 | 유영미 옮김

황소자리

이 이야기는 실화를 바탕으로 가공한 작품이다.
소설 속 타자체로 처리한 부분은 1946년에 진행된 소련 군사법정의 스텔라
골트슐라크 관련 군사재판 기록문에서 발췌한 내용이다. 현재 이 재판서류
들은 베를린 기록보관소에 보관되어 있다.

1941년 T4 작전에서 독가스에 의해 희생된

나의 증조부 빌리 바가에게 바칩니다.

친애하는 한국의 독자에게

이 소설은 첫사랑, 두려움, 전쟁, 가족, 샴페인, 우정, 용기, 희망에 관해 이야기합니다. 1942년 베를린에서 만나 사랑에 빠진 프리츠와 스텔라의 이야기지요. 많이 사랑했고, 오래도록 사랑하기를 원했지만, 사랑할 수 없었던 두 젊은이가 있습니다.

스텔라는 신분을 속이고 살아갑니다. 유대인이기 때문이지요. 나치는 스텔라와 그녀의 가족을 죽이려 합니다. 어느 밤, 나치는 그녀와 부모를 체포해 지하실로 끌고 가 고문을 가합니다. 그리고 잔인한 선택 앞에 스텔라를 세우지요. 수용소로 갈 것인가(그것은 곧 죽음을 의미합니다), 아니면 나치를 위해 유대인을 색출하는 일을 할 것인가. 부모를 구하려면, 이제 그녀는 동족을 배신해야만 합니다. 스텔라는 나아갈 수도 물러설 수도 없는 딜레마에 처합니다. 기로에 선 그녀는 어떤 선택을 하게 될까요?

이 이야기는 독일의 역사를 바탕으로 합니다. 하지만 우리 모두에게 보편적인 질문을 던집니다. 저는 이 소설을 통해 독자에게 묻고 싶었습니다. 죄란 무엇일까? 우리라면 어떻게 했을까? 당신이라면 어떻게 했을까?

한국의 독자 여러분, 이 소설을 읽어주셔서 감사합니다. 제가 던진 질문에 관심을 가져주셔서 정말 감사합니다.

2020년 여름,
타키스 뷔르거 Takis Würger

1922년, 아돌프 히틀러는 치안교란죄로 3개월 구금형을 선고받았다. 영국의 한 학자는 투탕카멘의 무덤을 발굴했고, 제임스 조이스는 《율리시스》를 출간했다. 러시아 공산당은 이오시프 스탈린을 당서기장으로 선출했다. 나는 그해에 태어났다.

나는 제네바 슐렉스 교외에 위치한 대저택에서 성장했다. 약 17만 제곱미터 대지 위에 세워진 저택 앞에는 키 높은 히말라야 삼나무들이 줄줄이 서 있고, 창에는 리넨 커튼이 걸려 있었다. 지하실에는 피스트(펜싱코트)가 설치되어서, 나는 그곳에서 펜싱을 배웠다. 다락방에서는 카드뮴 레드Cadmium red(붉은색 안료)와 네이플스 옐로Naples yellow(황색 안료)를 냄새로 구별하는 법과 라탄 털이개로 맞으면 어떤 느낌이 나는지를 배웠다.

　내가 자란 고장은 어느 집 자식인지로 자기소개를 하는
곳이었다. 가령 나는 3대째 이탈리아에서 벨벳을 수입해온
회사의 승계자인 아버지와 독일 대토지 소유주의 딸인 어
머니 밑에서 태어났다. 땅부자였던 외할아버지는 아르마냑
(아르마냑 지역에서 생산되는 브랜디 이름)을 너무 많이 마시는
바람에 가산을 탕진했다. 이를 두고 엄마는 "술로 망했다"
고 말했지만, 이것은 엄마의 자부심을 조금도 손상시키지
못했다. 엄마는 입버릇처럼 외할아버지의 장례식에 흑색
국방군 장교들이 모두 참석했었노라고 말하곤 했다.

　밤이면 엄마는 별똥별이 나오는 자장가를 불러주었다.
아빠가 출장을 가면 엄마는 고독해서 술을 마셨고, 그럴
때면 다이닝룸의 식탁을 벽 쪽으로 밀어놓은 뒤 턴테이블
에 판을 얹고는 나와 함께 비엔나 왈츠를 추었다. 엄마의
어깨 위에 손을 올리려면 한껏 까치발을 서야 했다. 엄마
는 내가 리드를 잘 한다고 말했지만 그게 거짓말이라는 걸
나는 알았다.

　독일이 아니라 스위스에 사는데도, 엄마는 나에게 독일
에서 제일 잘생긴 남자애라고 말했다.

때로 나는 물소 뿔로 만든 빗으로 엄마의 머리를 빗겼다. 빗은 아빠가 사온 것이었다. 나는 엄마가 충분히 부드러워졌다고 말할 때까지 그 빗으로 엄마의 머리를 빗겼다. 엄마는 내게 나중에 커서 결혼을 하면 아내의 머리를 빗겨주라고 했다. 나는 거울 속의 엄마를 물끄러미 쳐다보았다. 눈을 감은 채 내 앞에 앉은 엄마의 머리칼에서는 윤기가 흘렀다. 나는 그러겠다고 약속했다.

내 침대 곁에 서서 잘 자라고 말할 때 엄마는 양손으로 내 볼을 감쌌다. 산책을 나갈 때는 내 손을 잡고 다녔다. 한번은 산에 올라갔는데 엄마가 술을 마시는 바람에, 내려올 때 내가 엄마를 부축해야 했다. 그래서 나는 기뻤다.

엄마는 화가였다. 우리 집 현관에는 엄마가 그린 유화 두 점이 걸려 있었다. 튤립과 비둘기의 모습이 담긴 커다란 정물화 한 점과 소녀의 뒷모습이 담긴 작은 그림 한 점이었다. 그림 속 소녀는 엉치뼈 위에서 팔을 꼰 포즈를 취하고 있었다. 나는 그 그림을 오래도록 바라보았고, 한번은 그림 속 소녀처럼 손을 비틀어보려 애썼다. 하지만 되지 않았다. 그 소녀는 뼈가 부러지지 않은 이상 불가능할 만큼 손목을 부자연스럽게 꼬고 있었다.

엄마는 나에게 커서 위대한 화가가 되라고 말했다. 하지만 자신이 그림을 그렸던 이야기는 하지 않았다. 나중에야 엄마는 자신이 젊을 때 그림을 얼마나 잘 그렸는지를 말해 주었다. 빈 미술아카데미에 지원했는데 데생 시험에서 낙방했다고. 당시 빈 미술아카데미가 여학생을 받아주지 않은 탓인지도 모른다. 하지만 엄마에게 물어보지는 못했다.

내가 태어나자 엄마는 자기 대신 나를 빈 미술아카데미나 최소한 뮌헨 미술원에 입학시키기로 마음먹었다. 그보다 떨어지는 베를린의 파이게 운트 슈트라스부르거 미술학교나 함부르크의 뢰버 미술학교 같은 곳은 고려 대상이 되지 않았다. 엄마가 말하기를, 그런 학교에는 유대인이 판을 친다고 했다.

엄마는 붓 잡는 법과 유화물감 섞는 법을 알려주었다. 나는 엄마를 기쁘게 해주려고, 혼자서도 계속 그림 연습을 했다. 우리는 파리에 가서 주드폼 국립미술관에 걸린 세잔의 그림들을 보았다. 엄마는 사과를 그리려면 세잔처럼 그려야 한다고 말했다. 나는 엄마의 캔버스에 초벌 그림을 그렸고, 엄마의 손을 잡고 미술관에 다녔다. 엄마가 그림을 보며 색이 깊이가 있다고 칭찬하거나 관점이 좋지 않다고 트집 잡는 말들을 가슴 깊이 새겼다. 엄마가 그림을 그리는 건 보지 못했다.

••

1929년, 뉴욕 증시가 대폭락하고 작센의 주의회 선거에서는 나치당이 96석 중 5석을 차지했다. 나의 고향에서는 크리스마스 바로 전에 마차가 한 대 지나갔다.

마차는 눈 위를 미끄러지듯 달려갔다. 마부석에는 암녹색 모직 코트를 입은 낯선 사내가 앉아 있었다. 코트가 땅에 스칠 만큼 길었다. 아빠는 나중에 그의 소재를 수소문했지만, 지방경찰조차 그를 찾아내지 못했다. 그가 왜 마부석에 모루를 싣고 다녔는지는 끝내 밝혀지지 않았다.

그 날 나와 어울렸던 애들은 여남은 명이었다. 우리는 교회 뜰에서 눈을 뭉쳐 탑 위의 금속 수탉모형을 향해 던지며 놀았다.

누가 맨 처음 마부에게 눈뭉치를 던졌는지 알지 못한다. 눈덩이들이 이리저리 교차했고, 마부석 근처에 퍽 하고 맞았다. 그리고 다음 순간 눈뭉치 하나가 마부의 관자놀이에 명중했다. 내가 던진 눈뭉치 같았다. 한순간 나는 이 사건으로 친구들에게 좀 더 인기가 많아졌으면 좋겠다고 생각했다. 사내는 움찔도 하지 않았다.

그가 말고삐를 당겨 세웠다. 여유로운 몸짓이었다. 천천

13

히 마부석에서 내려 말에게 뭐라고 귓속말을 하더니 우리에게로 다가왔다. 우리 앞에 섰을 때, 그의 옷깃에서 눈 녹은 물이 방울져 떨어졌다.

우리는 어렸고, 도망치지 않았다. 아직 겁이 없었다. 마부는 어두운 색 뭉툭한 쇠 연장을 손에 들고 있었다.

스위스의 우리Uri 지방 말투였던 듯하다. 어쨌든 우리 고향에서는 흔히 들을 수 없는 말투였다.

"누가 나를 맞혔지?" 그가 나지막이 물으며 우리를 훑어보았다. 내 발밑에서 눈이 뽀드득거리는 소리가 들렸다. 살얼음 언 눈이 차갑게 빛났다. 공기에서 젖은 모직 냄새가 났다.

아빠는 말했었다. 진실은 사랑의 표시이자 선물이라고. 그 시절 나는 그 말이 맞다고 확신했다.

나는 아이였다. 선물을 좋아했다. 사랑이 뭔지는 몰랐다. 나는 한 걸음 앞으로 나섰다.

"저요."

순간 모루 끝이 내 오른쪽 턱관절 근처를 후볐고 나의 뺨은 입가까지 열렸다. 어금니 두 개를 잃었고, 앞니도 반쪽이 잘려 나갔다. 물론 내 기억에는 없다. 기억나는 건 눈을 떠보니 엄마의 회색 눈이 보였다는 것. 엄마는 병실에 앉아 곡주 넣은 차를 마시고 있었다. 찻잔이 비면 보온병에 담긴 차를 다시 따랐다. 아빠는 출장 중이었다.

"손을 안 다쳐서 천만다행이야. 그림을 그리는 데는 지장이 없으니." 엄마가 내 손가락을 쓰다듬었다.

나의 뺨은 석탄산으로 소독한 실로 꿰매어져 있었다. 상처에 염증이 생겼고, 이어지는 몇 주간 나는 닭고기 수프로 연명했다. 매일 가정부 아줌마가 수프를 끓였다. 처음에는 꿰맨 볼 사이로 수프가 새어 나왔다.

약이 나를 마비시켰다. 처음 거울을 쳐다보던 그 순간, 나는 이 사고로 말미암아 색깔을 볼 수 없게 되었다는 걸 깨달았다.

빨강과 초록을 구분하지 못하는 사람들은 많다. 나는 모든 색깔을 구분할 수 없게 되었다. 진홍색, 옥색, 보라색, 자주색, 청색, 금색. 이 모든 색깔이 내겐 명도가 서로 다른 회색으로 보였다.

정밀 진단을 해본 결과 색채실인증cerebral achromatopsia(뇌성 완전색맹)으로 판명되었다. 의사들은 뇌경색으로 인해 노인들에게 이런 증상이 나타날 수가 있다고, 크면서 점점 나아질 거라고 했다.

그 날 엄마는 내가 색맹이 된 사실을 모른 채, 내 무릎에 스케치북을 올려놓고는 색연필 상자를 건넸다. 병원에서 수업을 계속할 수 있게끔 취리히에서 조달해온 것이라고 했다.

"색깔이 사라졌어요." 내가 말했다. 엄마에게 그림이 얼마나 중요한지를 나는 잘 알았다.

엄마는 내 말을 알아듣지 못한 듯 고개를 갸우뚱했다.

"엄마, 미안해요…. 저…, 색깔이 보이지 않아요."

엄마는 의사를 불러왔다. 나는 몇몇 그림을 보아야 했고, 의사는 눈에 안약을 몇 방울 떨어뜨렸다.

의사는 엄마에게 간혹 이런 일이 일어난다고 말했다. 그리 나쁜 일은 아니라고, 다만 주변이 흑백 영화처럼 보일 뿐이라고.

"죄송해요, 엄마." 내가 말했다. "저, 용서해주실 거죠. 엄마?"

의사는 그나마 안면신경을 다치지 않은 게 기적이라고 했다. 신경을 다쳤더라면 말도 못 하고 입에서 질질 침을 흘리게 되었을 거라면서, 나더러 행운아라고 위로했다. 엄마는 그 옆에 앉아 곡주 넣은 차를 꿀꺽꿀꺽 마셨다.

··

엄마는 제네바의 아빠에게 전보를 쳤고, 아빠는 그 밤에 병원으로 왔다.

"제 잘못이에요." 내가 말했다.

"잘못 같은 건 없어." 아빠가 대답했다.

아빠는 내 침대 옆 간이 침상에서 잤다.

엄마가 물었다. "사람들이 이걸 어떻게 생각할까?"

아빠가 대꾸했다. "그게 우리랑 무슨 상관이지?"

상처가 쑤셔서 내가 신음하자 아빠는 출장 중 페샤와르 Peshawar(파키스탄의 도시)의 벨벳 상인들에게서 들은 동화를 들려주었다. 그리고 장미꽃 문양으로 장식된 오래된 금속 함을 내게 선물했다. 하이파에서 가져온 것으로 뚜껑은 붙어서 열리지 않았는데, 아빠가 말하기를 함의 가장자리를 시계 반대 방향으로 세 번 문지르면 소원이 이루어진다고 했다.

엄마는 더 이상 내게 스킨십을 하지 않았다. 산책할 때 내가 엄마 손을 잡으면 화들짝 놀랐다. "잘 자."라는 말을 할 때면 방에 들어오지 않고 문간에 서서 깜깜한 창밖을 응시했다. 아빠는 자꾸만 출장을 떠났다.

내가 다친 직후, 엄마는 술에 진탕 취해 다이닝룸에 쓰러져 있었다. 나는 가정부 아줌마랑 같이 엄마를 들어 안방으로 옮겼다.

엄마는 밤에 혼자서 고원목장으로 올라갔고, 집에서는 때로 이틀씩 캔버스 앞에 선 채 두문불출했다. 나는 여덟 살이었고 엄마가 그러는 게 나 때문이라는 사실을 몰랐다.

•   •

미노리텐 수도원 뒤편에는 호수가 있었다. 이 호수는 차츰 내가 가장 좋아하는 장소가 되었다. 호수 한쪽은 이끼가 낀 담으로 둘러싸이고, 다른 쪽은 암벽으로 둘러싸여 있었다.

나는 호숫가 갈대 속에 누워 아버지의 시가에서 뽑아낸 담뱃잎으로 담배를 말아 피웠다. 가정부 아줌마는 나에게 나무 막대기, 끈, 구부러진 못을 이용해 곤들매기 낚는 법을 가르쳐 주었다. 곤들매기를 잡으면 우리는 다진 마늘과 파슬리를 채워, 호숫가에서 구워 먹었다.

가정부 아줌마는 라일락꽃에서 꿀을 빨아먹는 법도 가르쳐 주었다.

나는 가정부 아줌마가 꽈배기 모양의 빵Hefezopf을 꼬는 걸 도와주었으며, 주전자를 멜칼름에서 우리 집까지 들고 갔다. 때로는 우유 위에 생긴 얇은 막을 건져내어, 나누어 먹었다.

다른 아이들이 한창 친구들을 집으로 데려오는 나이에 나는 엄마 때문에 그러면 안 된다는 걸 알았다. 내가 외로움을 견딜 수 있었던 이유는 간단하다. 분명하게 알지 못하는 건 그리워할 수도 없었기 때문이다.

엄마는 아라크를 얼음물로 희석해 마셨다. 나는 엄마가 우유를 마신다고 상상했다. 호수에 작은 다리가 놓여 있었는데, 태양이 강하게 내리쬘 때 다리에서는 간혹 딱딱거리는 소리가 났다. 어느 가을, 해가 넘어가고 어둑해질 무렵 다리 앞쪽 가장자리에 서서 물 위로 납작한 돌을 던졌다. 가정부 아줌마와 아빠가 바쁘고 엄마가 여러 날을 술에 취해 있을 때면 나는 투명인간이 된 기분이었다.

나는 암벽을 올려다보며 왜 아무도 저곳에서 뛰어내리지 않을까 궁금해했다.

나는 풀과 바위 돌출부를 잡고는 암벽 위로 올라갔다. 호수 바닥이 훤히 내려다보이고 민물말은 물 속에서 이리 저리 흔들렸다. 나는 바위 끝까지 올라가서 공중으로 몸을 붕 날렸다. 가죽구두 창으로 물과 세게 충돌했다 싶었는데 다음 순간 훅하고 귓속으로 물이 들어왔다. 차디찼다. 표면으로 떠올랐을 때 숨쉬기가 힘들었다. 그러나 고함을 지를 만한 호흡은 충분했다. 내가 다이빙해 들어간 자리에서 물결이 넓게 번져나갔다.

나는 물이 뚝뚝 떨어지는 바지를 입은 채 부엌으로 들어갔다. 타일바닥에 물이 고였다. 밀가루 반죽을 하던 가정부 아줌마는 뛰어내린 게 누구의 생각이었느냐고 물었다. 할 말이 없었다. 뛰어내리는 건 혼자서만 할 수 있는 일이 아닌가 하는 생각이 들었다. 나는 따뜻한 화덕 가장자리에 몸을 기대었다. 아줌마가 손으로 화덕의 타일 부분을 치는 바람에 밀가루 먼지가 날렸다. 아줌마는 내게 수건을 주었다. 그 날 저녁 아빠가 나를 불렀다. 집에 머물 때면 아빠는 대부분 서재에서 시간을 보냈다. 책을 좋아했고 많이 읽었다. 러시아 소설, 동양철학, 하이쿠를 읽었다.

아빠와 엄마가 서로 사랑하지 않는다는 걸 나는 알았다.

나는 호숫가에서 꺾어온 갈대 이삭을 손가락으로 빙빙 돌렸다.

"신부님들이 그러더구나. 네가 절벽 위에서 뛰어내렸다고?" 아빠가 물었다.

나는 고개를 끄덕였다.

"왜?" 아빠가 다시 물었다.

나는 가만히 있었다.

"때로는 침묵이 거짓말보다 더 나쁘다는 거 알아?"

아빠는 책 읽을 때 앉는 소파의 팔걸이 쪽으로 나를 끌어당겼다. 방안엔 똑딱이는 시계 소리만 들렸다.

"아빠, 뛰어내리는 건 왜 근사할까요?"

아빠는 한동안 생각에 잠겼다가 낮게 노래를 흥얼거리기 시작했다. 그러고는 몇 분 뒤 허밍을 멈추고 말했다. "우리가 어리석어서 그래."

우리 둘 다 입을 다물었다.

아빠는 고개를 흔들었다. 내 어깨 위에 올린 아빠 손이 무거웠다. 아빠에게서 아빠의 책 냄새가 났다.

"아들, 왜 그래? 네 눈빛 말야."

"엄마는 괜찮아요?"

아빠는 길게 숨을 들이마셨다.

"엄마는…," 아빠가 얼굴을 살짝 찡그렸다. "엄마는 괜찮아. 엄마에게 잘해주렴."

나는 아빠 말의 의미를 이해했고, 지금은 침묵하는 편이 더 낫다는 걸 알았다. 침묵은 내게 곧 울음이었다.

"우리 잘 견디자." 아빠가 내 목덜미를 어루만졌다.

나는 고개를 끄덕였고, 아빠는 내 얼굴을 바라보았다. 내가 계속해서 뛰어내리게 되리라는 사실을 나는 알았다.

●●

고향 집을 생각하면 해바라기밭이 먼저 떠오른다. 우리 집 뒤편에서부터 숲까지 이르는 구릉지가 온통 해바라기밭이었다.

가정부 아줌마는 해바라기꽃은 향기가 안 나서 싫다고 했다. 해바라기는 예뻐서 꿀벌들을 유혹해, 하지만 속에는 꿀이 들어 있지 않아. 못생긴 씨뿐이야. 아줌마는 말했다.

나는 해바라기 향기를 맡아보려고 해바라기밭으로 갔다. 해바라기의 두상화들 사이에서 나는 요리사 아줌마 말이 틀렸다는 걸 확인했다. 햇살이 따갑게 내리쬐는 날, 해바라기는 향기를 풍겼다. 강한 향은 아니지만 나는 맡을 수 있었다. 그 향기를 알게 되자 창문을 열어놓고 자는 밤이면 내 방에서도 해바라기 향기가 얼핏 얼핏 느껴졌다.

냄새를 맡는 건 중요했다. 학교를 마치고 집에 들어서면 현관에서부터 알코올 냄새가 났다.

나는 양봉가와 정원사들을 붙들고 해바라기에서 어떤 향이 나는지 아느냐고 물었다. 하지만 아무도 몰랐다. 내가 해바라기 향기를 맡는 것에는 중요한 의미가 있다고 나는 믿었다.

•• •

1935년, 뉘른베르크법(히틀러가 고안해 뉘른베르크 나치 당 집회에서 승인한 법. 유대인의 독일시민권을 박탈한 반유대주의 법이다−편집자)이 공표된 기념으로 엄마는 감자소주를 마셨다. 엄마는 연거푸 잔을 비우고 나는 옆에 앉아서 엄마가 몇 잔을 마시는지 세었다. 엄마는 아돌프 히틀러의 건강을 위해 잔을 들었는데, 아돌프를 프랑스식으로 발음했다.

그 저녁 엄마가 마룻바닥에서 잠이 들었을 때 나는 부엌으로 갔다. 부엌에서는 가정부 아줌마가 화덕 가에 앉아 울면서 막 저어 만든 신선한 버터크림을 나무 숟가락으로 떠먹고 있었다. 나는 아빠가 어렸을 때 내게 해주었던 것처럼 요리사 아줌마의 뺨을 어루만졌다.

며칠 뒤 엄마와 아빠가 다투는 소리가 들렸다. 엄마는

아빠에게 가정부 아줌마를 해고하라고 했다. 아줌마가 만든 꽈배기 모양의 빵을 아침마다 먹으면서도 그랬다. 엄마는 가정부 아줌마를 더러운 유대년이라 욕했다. 아빠는 자신은 아무도 해고하지 않을 거라고 맞섰다.

엄마는 거의 모든 시간을 캔버스 곁에만 머물렀다. 그림을 그리지 않을 때면 다락방 벽에 그림이 보이지 않도록 캔버스를 거꾸로 기대어 놓았다. 아무도 엄마의 그림을 볼 수 없었다.

엄마와 아빠가 싸운 날 저녁에 아빠가 내 침대로 왔다. 나는 자는 척 했다. 아빠는 내 발치에 책상다리를 하고 앉았다. "아들, 한 가지 이야기할 게 있는데….." 아빠는 그렇게 운을 뗀 뒤 한참 동안 가만히 있었다. 아빠가 침묵하기로 마음을 먹었다고 생각한 순간 다음 말이 이어졌다. "하느님이 모든 걸 만드셨다는 거 알지? 지빠귀도, 코끼리도….. 하느님은 모든 존재 안에 계신단다. 루카스 아줌마와도 함께 계셔. 알겠지, 아들아? 우리는 그들을 보살펴야 해." 아빠 목소리가 진지해서 싫었다. 나는 대답하지 않았다. 아빠는 내 발을 슬쩍 꼬집으며 말했다.

"깨어 있는 거 다 알아."

••

　1938년, 베를린에서는 '퇴폐 미술전'이 열렸고 독일에서는 한밤중에 1,406곳의 유대교 회당과 기도처가 불탔다. 늦여름에 나는 가정부 아줌마의 아들과 함께 해바라기밭으로 갔다. 우리는 이미 해바라기꽃을 내려다볼 수 있을 정도로 키가 자라 있었다. 아줌마의 아들은 장애가 있어 산수도 못하고, 아무것도 배우지 못했다. 그는 계속해서 아랫입술을 질근질근 깨물었다. 난 그 애가 좋았다.

　"냄새가 나?" 나는 그렇게 물으며 손으로 해바라기꽃을 감쌌다. 아줌마의 아들은 고개를 저었다.

　그 날 뇌우가 내렸다. 번개가 우리 정원의 오래된 물푸레나무를 쪼개어 놓았고, 비로 인해 꽃들이 다 꺾였다. 정원사가 씨라도 구하겠다며 해바라기꽃들을 다 모았는데, 그 일을 하면서 정원사는 하느님까지 들먹이며 욕설과 불평을 쏟아냈다.

　미지근한 첫 빗방울이 이마에 떨어진 건 우리가 아직 해바라기밭에 있을 때였다. 우리 집 바로 앞에 딱딱하게 다져진 양 갈래 길이 나 있었다. 한 쪽은 집으로, 다른 한 쪽은 멜칼름으로 이어졌다.

멜칼름에는 염소 한 마리가 나 어릴 적부터 줄곧 같은 자리에서 풀을 뜯고 있었다. 농부 아줌마가 울타리에 매어 놓은 염소였다. 히로니무스. 골짜기에 사는 모든 이가 그 이름을 알고 있었다.

히로니무스의 털은 희고 길었다. 글레처가이센 품종 숫염소였는데 뜨거운 태양 빛에 실명된 지 오래였다. 나는 염소를 쓰다듬어주고 싶었다. 하지만 염소는 무는 버릇이 있었다. 아침에 우유를 가지러 갈 때면 나는 때로 염소에게 우리 집 나무딸기 잎들을 던져주곤 했다.

히로니무스의 뿔을 잡아당기는 것은 골짜기의 아이들에게 담력 시험으로 통했다. 농부의 아들이 염소의 부드러운 배를 발로 마구 차는 걸 본 적도 있었다.

해바라기밭에 갔던 날 비가 후드득거리며 얼굴로 떨어졌을 때, 우리는 단풍나무 잎을 깔때기처럼 만들어 빗물을 받아마셨다. 집 근처에 오자 안도감이 들었다. 안은 따뜻할 테고 그즈음엔 아빠도 집에 있었다. 그 순간 아빠가 피조물들에 대해 들려주던 말이 생각났다. 비를 뚫고 멜칼름 쪽 들판을 올려다보면서, 나는 그 아침 울타리 가에서 본 염소를 떠올렸다. 첫 번째 번개가 하늘에서 번쩍였다. 가정부 아줌마 아들은 울음을 터뜨렸다. 나는 아이의 손을 잡고 우리 집 하인 전용 문으로 데려다준 뒤, 아무 말도 없이 돌아서서 빗속으로 냅다 뛰었다.

"천둥!" 가정부 아줌마 아들이 외쳤다. "천둥!"

비는 미지근했다. 몇 번 미끄러지긴 했지만 올라가는 건 쉬웠다.

나는 내 눈을 믿지 않는 걸 배웠다. 그래서 멜칼름에서 번개가 풀에서 하늘 위로 솟구쳤을 때도 놀라지 않았다. 이어 천둥이 꽈광, 울렸다. 히로니무스는 울타리 옆 바닥에 웅크리고 앉아 있었다. 죽음을 기다리기라도 하듯 풀숲에 주둥이를 묻고 눈을 감은 채. 뇌우에도 아랑곳하지 않는 그 피조물은 잠들어 버린 건지도 몰랐다.

나는 울타리에 묶어놓은 줄을 풀었다. 히로니무스는 나를 물려고 덤벼들었고, 나는 그냥 물렸다. 옳은 일을 하려면 때로는 아프다.

히로니무스가 나의 왼손을 물었다. 히로니무스의 이빨은 다행히 빠진 지 오래였다. 히로니무스는 허공으로 입질을 했고, 자기를 향해 뻗은 내 오른손마저 히로니무스가 물었다.

"나무딸기 잎을 준 게 나란 말이야."

희고 뻣뻣한 털가죽을 타고 빗물이 방울져 떨어졌다. 나는 줄을 끌면서 히로니무스의 입에 손을 갖다 대었다. 히로니무스는 더 이상 물지 않고 가만히 서 있었다. 너무 오랫동안 줄에 매여 있던 탓에 걷는 걸 잊어버렸는지도 모른다. 나는 히로니무스 앞에 무릎을 꿇고는 염소를 내 어깨에 비스듬히 메었다. 염소의 갈비뼈가 내 쇄골을 눌렀다.

비쩍 말랐는데도 숫염소는 무거웠다. 그리고 외양간 냄새가 났다. 내 허벅다리가 떨려왔다.

"발로 차였을 때 널 지켜주지 못해서 미안해." 내가 중얼거렸다. 나는 그 날 히로니무스에게 평소 아무에게도 하지 않았던 이야기를 털어놓았다. 엄마가 집에 있는데도 얼마나 엄마가 그리운지, 내가 얼마나 투명인간이 된 기분인지를 이야기했다. 내가 거짓말을 하지 않으려는 건 거짓말을 하면 인생을 헛산 셈이 되기 때문이라고 말했다. 내려오면서 나는 넘어져서 무릎이 까졌다.

집 앞 삼나무 길을 통과할 때 바지가 찢어졌고, 손톱 아래에 진흙이 끼었다. 염소가 내 셔츠 깃을 물었다.

아빠가 삼나무 길로 나오고 있었다.

"프리츠."

아빠가 나를 끌어안자 히로니무스는 아빠에게 달려들어 물었다.

"번개 치는 거 못 봤어?"

나는 자갈에 무릎을 꿇고 염소를 어깨에서 내려놓았다. 아빠는 빗물로 범벅이 된 내 머리를 쓸어주었다. 울음이 나왔다. 비가 내려 아빠가 내 눈물을 보지 못해서 다행이라는 생각이 들었다.

"벼락 맞으면 큰일 나." 아빠가 말했다. 물론 아빠는 내가 우는 걸 봤다. 아버지들은 다 그렇다.

"우린 보살펴야 하잖아요." 내가 대꾸했다.

나는 아빠에게 마부 사건이 일어난 게 다행이라 여겨질 정도로 번개 치는 모습이 아름다웠다는 것과 왜 내가 때로 아빠보다 엄마를 더 사랑하는지를 이야기하고 싶었다. 하지만 말하지 않았다. 그러고는 다음 순간 울부짖었다. 갑작스레 튀어나온 울부짖음에 나 자신도 놀랐다. "아빠는 약속을 어겼잖아요."

"무슨 말이야?"

"진실이요. 아빤 우리가 진실을 이야기해야 한다고 했잖아요. 하지만 아빠는 엄마에 대해 거짓말을 했어요."

아빠의 얼굴이 고통으로 일그러졌다. 아빠의 마음을 아프게 하려던 건 아닌데…. 빗물에서 달콤한 맛이 났다. 아빠는 내 손을 잡고 집으로 걸어갔다. 현관에 들어서자 아빠가 나지막한 소리로 물었다. "히비스커스 꽃 본 적 있어?" 아빠는 내 앞에 쪼그려 앉아 내 눈을 올려다보았다. "진실은 히비스커스와 같아. 언젠가는 그것을 보게 될 거야. 이집트에 가면 정원 전체가 히비스커스 꽃밭이야. 정말 아름다워. 온 정원이 히비스커스 꽃 천지라니까. 무지하게 다양한 종류의 히비스커스가 있어."

히로니무스는 그 밤을 우리의 온실에서 보냈는데, 아침까지 일년 수확량의 절반에 해당하는 호박을 먹어버렸다. 밤에 히로니무스에게 가서 목 부분을 쓰다듬어주었다. 히로니무스는 가만히 있었다.

이튿날 농부는 히로니무스를 데리러 와서 내게 손을 흔들며 여러 번 사과했다. 다시는 지난 밤 호박과 같은 불상사가 없도록 하겠다면서 히로니무스의 뿔 사이를 손 가장자리로 여러 번 쳤다.

스위스의 염소사육협회 회원들은 그 해에 어떤 혈통을 계속 보존해야 할 것인지를 두고 고심했다. 그 과정은 '혈통 청소'라는 이름으로 기록에 남았다. 협회는 히로니무스가 속한 카프라 셈피오네Capra Sempione는 보존할 만하지 않은 혈통으로 분류했다.

늦여름 아빠에게 들은 소식에 따르면, 뇌우가 내리고 얼마 지나지 않아 농부가 히로니무스를 거름구덩이 옆으로 데려가 2미터 떨어진 곳에서 쌍연발총으로 머리를 명중시켰다고 한다.

그 해에 엄마는 뮌헨의 유명한 안과의사를 우리 집으로 불렀다. 의사는 내가 색깔을 분간하지 못하는 건 눈이 아니라 머리 때문이라고 말했고, 엄마는 그 말을 내가 노력하기 나름이라는 뜻으로 알아들었다. 그 날 이후 엄마는 나를 다락방으로 데려갔다.

"이제 다 잘될 거야." 엄마가 말했다.

벽에는 엄마가 그린 그림들이 거꾸로 기대어져 있었다. 엄마는 테이블에 커다란 팔레트를 올려놓고, 물감 용기들의 순서를 바꾸었다. 그런 다음 내게 어떤 용기에 어떤 색이 들어 있는지 맞추게 했다.

올바로 맞추면 엄마는 고개를 끄덕였고, 틀리면 좀 더 노력을 하라고 다그쳤다. 이런 수업을 할 때면 엄마는 승마용 부츠를 신었다.

다락방에서 수업을 한 지 얼마 안 되었을 때 엄마가 말했다. "최소한 빨강은 알아먹어야 할 거 아냐. 제발, 제발! 부탁해."

술을 마신 상태에서 주먹을 들어올리기도 했다. 하지만 내게 손을 대지 않겠다는 원칙은 고수했다.

두세 시간의 수업이 끝나면 라탄으로 만든 양탄자 털이 개는 도로 다락방 모퉁이 캔버스들 사이에 놓였다. 엄마는 나보다 본인이 더 아프다고 말했다. 라탄 털이개로 맞다 보면 간혹 얼굴이 팔레트에 짓찧어지기도 했다.

엄마는 말했다. "나가기 전에 얼굴 씻어. 울었다는 표시 내지 말고."

언젠가 이마를 팔레트에 댄 채 엎어져 있다가 물감마다 다른 냄새가 난다는 걸 깨달았다. 물감에 천연 색소가 들어 있기 때문이었다. 인디고블루에서는 우리 온실에 있는 나비 모양 꽃Papilionaceous flower(접형화) 냄새가 났고, 네이플 옐로에서는 납 냄새가 났으며, 카드뮴레드에서는 여름의 진흙 냄새가 났다. 검은색에서는 나무 그을음 냄새가, 흰색에서는 백묵 냄새가 났다.

나는 무엇보다 목탄 냄새가 좋았다. 엄마는 색깔 구별 훈련 외에 내게 다른 수업은 하지 않았다. 미술관에도 데려가지 않았다.

엄마를 위해 색깔을 알아맞혀야 할 때 나는 되도록 물감 상자 가까이에 앉았다. 때로는 냄새를 더 잘 맡을 수 있게

끔 물감 용기를 손에 들었다. 매 맞는 횟수가 점점 줄었다. 한번은 세 개의 색깔을 연속으로 맞추었고, 엄마는 나의 집게손가락을 쓰다듬었다.

●●

토요일 저녁, 유대 안식일이 끝나고 어두워지면 가정부 아줌마는 세인트존스 워트St. John's wort(유라시아와 아프리카에서 자생하는 약용식물) 습포를 내 흉터에 대주었다. 그렇게 하면 내가 잘생긴 용모를 되찾는 데 도움이 될 거라고 아줌마는 말했다. 그녀는 때로 잠자리에 들기 전에 나를 안아주기도 했다. 나는 그렇게 해주길 기다렸다.

가정부 아줌마는 내가 아는 사람 중 가장 뚱뚱했다. 아줌마는 여름에는 블루베리, 가을에는 사과, 겨울에는 아몬드를 넣어 매일같이 케이크를 구웠다. 그녀는 자신이 구운 케이크가 일하는 사람들이 먹기에는 너무 고급이라고 말했다. 그러다 보니 케이크는 늘 많이 남았고, 아줌마는 저녁마다 화덕 앞에 앉아 남은 케이크를 먹었다.

한번은 내 얼굴에 습포를 대어준 뒤, 소젖 짤 때 쓰는 낮은 의자에 앉아 버터 바른 꿀파이 두 조각이 담긴 접시를 건네며 내게 말을 걸었다.

"사람들이 너는 좀처럼 거짓말을 하지 않는다고 그러던데." 아줌마가 나를 바라보았다.

나는 가만히 있었다.

"맞아?"

"네." 내가 대답했다.

"그럼 솔직하게 말해줘."

가정부 아줌마가 한 손을 내 머리에 올렸다.

"내가 뚱뚱해? 솔직하게 말해봐."

나는 당황해서 꿀파이를 포크로 찍어 입에 들이밀었다. 급하게 파이를 삼키다 사레가 걸렸고, 가정부 아줌마가 건넨 우유를 마시다 다시 크게 재채기를 했다. 우유가 내 코로 흘러나왔다.

"내가 약간 통통하다는 건 알고 있는데, 내 말은 그러니까…, 내가 뚱뚱하다고 생각해?"

나는 되도록 눈에 띄지 않게 고개를 끄덕였다.

아줌마는 괴로운 기색이었다. 나는 그걸 보고 말았다. 마음 아프게 하고 싶지는 않았는데.

"그래서 내가 새 남편을 구하지 못한다고 생각해?" 아줌마가 물었다.

나는 마룻바닥을 내려다보았다. 나는 만 열여섯 살이었고 남녀관계에 대해, 그들이 왜 서로를 좋아하는지에 대해 별로 아는 게 없었다. 나는 어깨를 으쓱했다. 가정부 아줌마는 부드러운 손길로 내 어깨를 잡았다.

"솔직히 말해줘, 프리드리히."

"네." 내가 말했다.

"내가 먹는 걸 좋아해서 혼자 산다고 생각해?"

"아줌마는 혼자가 아니에요."

"하지만 난 뚱뚱하지?"

"네."

아줌마는 한숨을 쉬었다.

"고마워." 아줌마가 말했다.

"하지만 지금 마음이 안 좋으시잖아요."

화덕은 따뜻했다. 나무들이 타닥거리며 타들어 가는 소리가 들렸다.

"침묵하는 건 더 나빠."

우리는 젖 짤 때 쓰는 의자에 잠시 더 앉아서 화덕 속의 불꽃을 바라다보았다. 화덕 속에서는 다음날 먹을 구겔후프(동그란 모양의 발효빵)가 구워지고 있었다. 빵은 서서히 갈색으로 변하더니 가장자리 쪽에서 연기가 나기 시작했

다. 나는 벽에서 필Peel(판판하고 커다란 주걱 모양의 제빵도구
로, 오븐에서 빵을 꺼내는 데 사용한다—옮긴이)을 가져와 빵을
꺼내서 주방에 올려놓았다.

"에고. 하마터면 태울 뻔했다. 고맙다, 고마워." 가정부
아줌마가 말했다.

아줌마는 나를 안아주었다. 나는 아줌마의 눈물을 못 본
척 했다.

••

1941년 봄, 독일의 전차가 '해바라기 작전'이라는 이름
아래 리비아로 진군했을 때 엄마는 우리 집 지붕 꼭대기
에 하켄크로이츠 깃발(나치 깃발)을 게양했다. 아빠가 고함
치는 소리를 들은 건 태어나서 그때가 처음이었다. 아빠는
하인을 불러 낮은 음성으로 기를 떼라고 말한 뒤 온실로
가서 반투명 유리문을 닫고는 소리를 질렀다. 결혼생활의
종말을 예고하는 비명이었다.

전쟁이 시작된 뒤부터 엄마는 점점 더 자주 승마용 부츠
를 신었고 인사불성이 될 때까지 술을 마셨다. 어느 날 아
침 학교에 가려고 나가 보니 엄마가 현관 복도에 쓰러져

있었다. 엄마를 부르며 깨우자 엄마는 눈을 뜨고 나를 올려다보았다. 눈빛이 멍해서 나를 진짜로 알아본 건지 의심스러웠다.

하지만 다음 순간 엄마는 "아직도 엄마를 사랑해?" 하고 물었다.

그러고는 두 팔로 내 머리를 감싸더니 나를 자신의 목 쪽으로 당겨 꽉 끌어안았다. 나는 숨쉬기가 힘들었다.

"모든 것이 내겐…, 난 이곳의 모든 게…."

내가 학교로 가던 중이라는 게 다행이었다.

때로 나는 엄마가 집 테라스에 앉아 아라크 주를 마신다는 사실을 낮 동안 잊고 지낼 수 있기를 바랐다. 하지만 그렇게 되면 엄마를 보살펴 주는 사람이 아무도 없을 것이므로, 나라도 엄마에게 마음을 써야만 했다. 엄마가 마루에 쓰러져 미동도 하지 않을 때면 나는 몰래 엄마의 가슴에 귀를 대고 엄마가 숨을 쉬는지 살폈다.

금수조치로 말미암아 아빠의 벨벳 무역사업에 문제가 발생했다. 아빠는 이스탄불로 가서 전쟁이 끝날 때까지 기다리겠노라고 했다. 슐렉스의 집은 유지하겠다고 했다. 엄마는 뮌헨으로 가서 아빠의 돈으로 살고자 했다. 나는 여행을 떠나 세상을 좀 보고 싶었다. 맨 처음 그런 제안을 한 건 아빠였다. 아빠는 내게 테헤란을 추천했다. 전쟁 지역에서 멀다는 게 이유였다.

여름에 나는 축사에서 일하는 일꾼들로부터 베를린의 비밀 나이트클럽 이야기를 들었다. 매춘하는 소년들, 코카인, 그랜드 호텔의 상아로 만든 분수, 타조가 끄는 마차를 타고 노래하는 흑인 아가씨.

일꾼 한 명은 한동안 베를린에서 말똥을 모으는 일을 했는데, 베를린 사투리를 견딜 수가 없어서 떠나왔다고 했다. 그가 흉내 내는 베를린 말투는 얼마나 시건방지던지. 그곳에서는 미용사들까지 자기 생각을 거리낌 없이 이야기한다고 했다.

"정말이에요?" 내가 물었다.

"베를린 사람들은 다 이상해요. 아가씨들도 마찬가지예요. 도무지 교양이 없어요." 그가 대답했다.

그 저녁 나는 처음으로 소문을 들었다. 일꾼 말에 따르면 베를린에서는 밤에 가구 운반차가 쇼이넨 지구(당시 유대인들이 밀집 거주하던 곳)로 가서 유대인들을 실어간다고 했다.

"그들은 다시는 돌아오지 못해요." 일꾼은 말했다.

"정말이에요?" 나는 물었다.

"소문에 따르면 그렇대요."

"쇼이넨 지구가 어디예요?"

독일은 승자의 나라처럼 보였다. 독일 국방군이 유럽을 좌지우지하며, 모스크바 코앞까지 가 있었다. 영국은 베를린에 대한 공습을 중단했다. 그 모든 것에도 불구하고 베를린은 특별했다. 미용사들까지 자기 생각을 말하는 곳이라지 않은가.

나는 아빠에게 베를린에 갔을 때 어땠냐고 물었고, 아빠는 내게 폰타네를 읽어보라고 했다. 나는 서재에 있는 테오도어 폰타네의 소설들과 서간집을 읽었다. 폰타네가 1860년 하이제에게 보낸 편지에는 이렇게 쓰여 있었다.

사람들이 베를린에 대해 아무리 비아냥대도, 나 역시 베를린이 때로 그런 비아냥을 받을 만하다는 점을 십분 인정한다 해도, 베를린에서 일어나는 일이 세계정세에 영향을 미친다는 사실은 부인할 수 없다. 나는 그런 속도조절바퀴*fly wheel*가 — 때로 익히 알려진 물레방아 바퀴*mill wheel*가 될 위험을 무릅쓰고 — 질주하는 소리를 가까이에서 듣고 싶었다.

밤에 나는 깨어서 '속도조절바퀴'라는 말을 생각했다. 그리고 쇼이넨 지구에 대한 소문을 생각했다. 독일인들은 내가 선망해온 그 무엇이었다. 나는 영화에서 행진하는 군인들의 영상을 보았다. 군인이 되고 싶지는 않았다. 하지만 그들의 강함이 조금쯤 내게 옮아올 수 있기를 바랐다. 나는 아빠에게 가구 운반차에 대해 아느냐고 물어보았다.

"나도 들었어." 아빠가 말했다.

"소문은 왜 나는 걸까요?"

아빠가 약간 불안한 목소리로 대답했다. "나도 모르겠어. 아마도 확실하지 않은 이야기니까 그렇겠지. 모르겠어…. 독일인 중에도 좋은 사람들이 있겠지. 하지만 전쟁과 같은 위험 속에서 진실은 아무 데도 없어."

아빠는 몸을 돌려 나를 바라보았다.

"네가 무슨 생각하는지 알아."

나는 아빠의 얼굴을 똑바로 쳐다보았다. 아빠는 별일 아니라는 듯 애써 미소를 지었다. 나는 아빠가 걱정하고 있다는 걸 알았다.

"그러지 마. 부탁이야. 이번엔 안 돼." 아빠가 말했다.

며칠 뒤 아빠와 엄마가 함께 서재에 앉아 있었다. 서로 갈라선 지 오래인데도.

"우선 베를린에 잠시 여행갈까 해요." 내가 말했다.

엄마가 숨을 들이마셨다.

"갈까 한다고?" 엄마가 되물었다.

"베를린에 갈게요." 내가 고쳐 말했다.

엄마가 웃었다. "거기서 뭘 하게?"

"볼 게 있어요."

"뭘 봐?"

"그리고 드로잉 수업도 좀 받으려고요."

엄마는 아무 말도 하지 않았다.

"전쟁 지역에서 드로잉 수업을 받으려 한다?" 이번엔 아빠가 나섰다.

"며칠만요."

"너무 위험해."

"베를린은 안전해요."

"하지만 전쟁 중이야."

"동쪽에서는 전투가 벌어져도. 베를린은 그렇지 않아요. 몇 주째 폭탄이 투하되지 않았어요."

"하지만 너무 위험해."

"갈게요, 아빠. 직접 봐야겠어요. 그러니까…. 확실하지 않은 소문을⋯."

아빠는 고개를 끄덕이며 턱을 만졌다.

누군가는 사실과 소문을 구별해야 했다.

당시 나는 그것을 용기 있는 행동이라고 여겼다.

"하지만 그곳은 유대인들의 도시야." 엄마가 말했다.

크리스마스가 지나고 독일 번호판을 단 어두운 색 승용차 한 대가 우리 집 앞 자갈길에 멈추더니 제복 입은 남자가 차에서 내렸다. 나는 헛간 시렁 위에 숨어서, 그 남자가 엄마의 엉덩이에 손을 올려놓는 것을 보았다.

며칠 후에 가정부 아줌마는 엄마가 그 남자를 조카라 소개했다고 말했다. 엄마는 그랜드 피아노와 옷가지는 나중에 부치도록 했다.

가정부 아줌마는 엄마가 내게 남긴 말도 전해주었다. 팔레트를 가지고 색 구별하는 연습을 계속했으면 좋겠다고, 그리고 내가 엄마에게 작별 인사를 하지 않아 마음이 아프다고.

그로부터 2년 뒤 엄마는 님펜부르크 공습 때 정원창고에서 불에 타 죽게 될 터였다. 그녀의 '조카'는 엄마가 술에 많이 취한 나머지 정원창고를 벙커로 오인했다고 전했다.

나는 제네바로 가는 기차표를 예약했다. 가정부 아줌마는 내게 자신이 뜬 모자와 꿀파이가 담긴 바구니를 건네며 꼭 안아주고는 잘 다녀오라고 했다. 나는 아줌마 몰래 앞치마 주머니에 내가 가장 아끼는 낚싯바늘을 넣었다.

아빠는 내 이마에 키스하며 "잘 지내." 하고 인사했다.

무슨 말을 덧붙이려는 듯 망설였지만, 더 이상 하지 않았다.

아빠 차를 타고 역에 가기 전, 나는 앞면이 벽을 바라보게끔 세워져 있는 캔버스들을 보러 갔다. 오래 전부터 나는 엄마가 어떤 그림을 그리는지 몹시 궁금했다. 캔버스 하나를 뒤집고는 다음 캔버스로 갔다. 그렇게 천천히 다락방에 있는 모든 캔버스를 다 뒤집었다. 그림이 그려진 건 단 하나도 없었다.

테이블에 말라버린 팔레트가 놓여 있었다. 나는 팔레트를 들고 나와 혼자 호수로 갔다. 그러고는 호숫가에 있던 돌을 하나 들어 살얼음판을 깨뜨리고는 물속에 팔레트를 던져 버렸다.

1942년 1월. 그 달에 고속도로(제3제국 동안에 건설된 독일 고속도로)의 확장공사가 중단된다. 제국의 수상 아돌프 히틀러는 대국민 신년사에서 자신은 평화를 원한다며, 미국 대통령 프랭클린 루스벨트를 전쟁 획책자라고 비방한다. 국방군이 스키를 자유로이 쓸 수 있도록 가르미슈-파텐키르헨에서 예정되었던 세계선수권대회를 비롯, 모든 스키 스포츠 행사가 취소된다. 뮌헨의 기온이 영하 30.5도까지 떨어진다. 요제프 괴벨스 박사가 천명한 나치의 십계명 중 첫 계명은 다음과 같다. "네 조국은 독일이니, 독일을 최우선으로 사랑하라. 말보다 행위로 사랑하라." 베를린의 음식점들은 야전취사장 음식이라는 메뉴를 도입한다. 일선 장병들이 먹는 식사와 비슷하게 콩과 말고기가 나오는 메뉴다. 베노 폰 아렌트는 의상 담당 공무원이 된다. 옷감이 부족한 상황이니 이런 업무는 쉽지 않다. 제국통밀빵협회는 잡지에 '통밀이 더 맛있고 건강합니다'라는 광고를 싣는다. 미국 켄터키 주 루이빌에서는 젊은 하녀가 아들을 낳아 캐시어스 마셀루스 클레이 주니어 Cassius Marcellus Clay Jr.(훗날의 복싱선수 무하마드 알리)라 이름 짓는다. 거기로부터 북동쪽으로 직선거리 7,290킬로미터 떨어진 반제 Wannsee(베를린 근교 호수) 가에서는 무장친위대 고위 장교인 라인하르트 하이드리히가 회의를 소집한다. 기계공 일을 배웠던 아돌프 아이히만은 이 회의에서 유대인들을 어떻게 죽여야 할지에 대해 기록한다. 계획이 완성되자 남자들은 코냑을 마시며 호수를 바라본다.

새해 첫날 아침 일찍 나는 베를린에 도착했다. 식당차에서 아침으로 먹은 달걀은 딱딱한 데다 생선 맛이 났다. 안할트 역에 도착해 브란덴부르크 문으로 갔다. 거리는 넓었고 어디로 이어지는지 알 수 없었다. 베를린에서는 석탄 냄새와 수지비누 냄새, 이동식 나무 가스오븐 냄새, 마루왁스 냄새와 익힌 순무 냄새가 났다.

펍에 들어가 샤슬라 와인 한 잔을 주문하자 급사가 베를린 사투리로 "뭐요?" 하고 물었다.

그랜드 호텔 안의 상아 분수는 생각보다 작았다. 벨맨이 평범한 말로 인사를 건넸다. '하일 히틀러'를 외치지 않아서 마음이 놓였다. 호텔 로비의 매대에서는 신문과 꽃을 팔고 있었다. 프록코트 차림에 곱슬머리를 말끔하게 빗어

넘긴 리셉션 매니저의 볼에는 세로로 표정 주름이 잡혀 있었다. 그가 내 이름을 부르며 반갑게 악수를 청했다.

호텔의 벨맨들은 연미복 차림에 광택 나는 넥타이를 매고 있었다. 엘리베이터맨은 외팔이였다. 나는 그에게 꿀파이가 든 바구니를 선물했다. 그가 나와 악수를 하기 위해 몸을 돌리자 팔에 찬 나치의 하켄크로이츠(갈고리 십자가) 완장이 보였다.

내 방에 들어가서 남쪽 창가에 이젤을 세웠다. 워드로브 트렁크Wardrobe runk(옷을 걸 수 있도록 옷장처럼 생긴 트렁크)와 함께 이젤을 미리 호텔로 보내 놓은 터였다. 데생용 목탄 연필은 안쪽을 솜으로 댄 아빠의 시가 케이스에 넣어 운송했다.

그 날 오후 나는 쇼이넨 지구에 가서 검은 중절모에 검은 코트를 입은 정통파 유대인들을 관찰했다. 자정까지 가스등 그늘 아래 서 있었다. 이튿날에는 하케셔 마르크트(베를린 미테 지구의 과거 동베를린의 쇼핑 중심지)에 있는 한 펍에서 치커리 커피(치커리를 볶아 가루를 내어 커피 대용품으로 마셨다–옮긴이)를 마시며 창밖으로 지나가는 차들을 구경했다. 다음날도 발가락이 시릴 때까지 베를린 주식거래소 앞 계단참에 앉아 있었지만, 가구 운반차는 보이지 않았다.

새해에 처음 맞는 월요일, 나는 매끄러운 가죽 백팩을 메고 카데베KaDeWe 백화점 뒤편 뉘른베르거 가에 있는 파이게 운트 슈트라스부르거 미술학교로 갔다. 건물 전면에 몰딩 장식이 되어 있었는데, 습기로 인해 몇 군데가 떨어져 나간 상태였다.

학교로 들어가기 전에 나는 잠시 맞은편 거리에 선 채 엄마를 생각했다. 아빠와 아빠가 말하지 않은 작별의 말을 생각했다.

문손잡이는 놋쇠로 되어 있었다.

사무처 여직원은 알이 더러운 안경을 끼고 있었다. 나는 그림을 배우고 싶다고 말했다.

"지금 같이 그려보겠어요?"

"당장요? 그래도 되나요?"

"오늘 오픈 아틀리에가 있어요. 누드화 습작 시간이죠. 당신만 괜찮다면 같이 해도 상관없어요."

유화물감 냄새가 나는 방에서 다섯 명이 이젤 앞에 앉아 그림을 그리고 있었다. 나는 잠시 문간에 선 채 앞쪽을 바라다보았다.

구석에 타일을 붙인 벽난로가 있었지만, 석탄 부족으로 불을 피우지는 않고 있었다. 숨 쉴 때마다 입김이 뽀얗게

났다.

오래된 마룻바닥에 물감들이 회색으로 얼룩져 있었다. 마루가 삐걱거렸지만, 아무도 나를 쳐다보지 않았다. 나는 외투를 입은 채로 빈 이젤 앞에 앉았다.

손이 곱아서 입김을 호호 불었다. 추운데도 얼굴이 달아올랐다. 모두가 앞쪽을 바라다보고 있었다.

모델이 누워 있는 짙은색 모피는 이런 시대, 이런 미술 학교치고는 상당히 고급스러워 보였다.

모델은 옆으로 누워 한 손으로 턱을 괸 채 시선은 허공에 두고 있었다. 때때로 기침을 했다.

나는 그녀를 바라보았다. 내려뜨린 머리칼의 모양새. 어깨에서 골반으로 이어지는 곡선이 어두운 벽을 배경으로 도드라진 모양새. 피부가 빛을 포착하는 모양새.

이상적이라고 하기에는 다소 통통한 편이었다. 무엇보다 무릎 부분이 그랬다.

나는 풍만한 나신이 그려진 페테르 파울 루벤스의 회화를 생각했다. 어릴 적 엄마와 함께 루브르에서 본 그림인데, 제목은 기억나지 않았다.

모피 위의 여자는 일순 미소를 지었다. 앞니 사이에 약간의 틈이 벌어졌다. 그러나 그림 속에서 미소 짓는 저 얼굴은 그녀의 본 모습이 아닐 터였다. 그 얼굴은 울 때 가장 아름다웠으니까.

옆쪽에 다른 학생들이 앉아서 이젤에 그림을 그리고 있었다. 내 손가락 사이에서 목탄이 녹았다. 나는 눈을 가늘게 뜨고 그녀를 선과 면으로 분간하려고 했다. 그녀의 작은 코가 좋았다. 그림 그리는 법을 기억해내려 애썼지만 잠시 후 나는 그녀를 그냥 바라보고만 있었다. 얼굴 흉터는 이젤 뒤로 숨겼다.

습작 시간이 끝나자 그녀는 일어나 한 남자가 건네는 면솔을 받아들었다. 하지만 그걸로 몸을 감싸지 않고 접어서 팔에 걸치더니 벗은 몸 그대로 퇴장했다.

나는 아무것도 그리지 않은 앵그르지를 돌돌 말아 백팩에 넣었다.

잠시 후 밖으로 나가니 옷을 입은 채 세 남자에게 둘러싸여 있는 그녀의 모습이 보였다. 남자들은 농지거리를 하며 시끄럽게 떠들어대고, 그녀는 담배를 피우며 길 저편을 바라다보고 있었다.

꾸벅하고 작별 인사를 했으나 그녀는 나를 보지 못했다.

바람이 외투 사이로 들이쳤지만 전차 정류장까지 가는데는 전혀 방해되지 않았다. 다시금 약한 눈발이 흩날리기 시작했다.

걸어가다가 보니 벽에 플래카드가 붙어 있었다. 플래카드 속 밝은색 머리칼의 여자가 미술학교의 모델과 닮았다는 생각이 들었다. 플래카드에는 이렇게 적혀 있었다. '독일 여자는 담배를 피우지 않는다. 독일 여자는 술을 마시지 않는다. 독일 여자는 화장을 하지 않는다!'

• •

1. 사례: 슈타이너 부인과 네 아이

카츠 부인과 두 아이

겔베르트 부인과 한 아이

헤셔되르퍼 부인과 한 아이

증인: 1. 게르다 카헬, 2. 엘리 레프코비츠

증인인 게르다 카헬과 엘리 레프코비츠는 피고*와 함께 지멘스 회사에서 함께 일한 적이 있으며, 불법 거주자(나치에 의해 거주민

---

* 동족을 나치에 밀고한 혐의로 1946년 소련 군사법정에 서게 된 유대인 여성 스텔라 골트슐라크를 말함. 소설에서 인용한 기록물 속의 '피고'는 모두 그녀를 일컫는다.

신분을 박탈당한 유대인)로 살고 있었다. 증인들은 낮 동안에는 쇤하우저 알레 152번지 아론 프르치보치크의 집에 있다가, 슈타이너 부인을 방문하기 위해 로트링거 가 24-35번지로 갔다. 그런데 슈타이너 부인의 집은 폐쇄되어 있었다. 맞은편 집에 사는 빌리 이스라엘이 증인들에게 말해준 바에 의하면, 피고와 롤프 이작스존이 불법으로 살아가는 유대인들이 많이 드나들곤 하는 슈타이너 부인의 집을 오랫동안 관찰했고, 어느 날 게슈타포가 피고와 롤프 이작스존을 대동하고 들이닥쳐 아래 유대인들을 체포해 갔다고 했다.

슈타이너 부인과 네 아이

카츠 부인과 두 아이

겔베르트 부인과 한 아이

헤르센되르퍼 부인과 한 아이

이들은 아우슈비츠로 이송되었다. 증인인 카헬도 얼마 뒤 아우슈비츠에 도착하여 이들의 행방을 문의해본 결과 이들 모두가 이미 가스실에서 죽었다는 이야기를 들었다.

B1. II/162-163

B1. I/ 16, 38, 182, 184

차량은 덜컹거리고 끽끽댔다. 차창에는 김이 서려 있었다. 나는 창가 쪽 좌석에 앉아 손바닥으로 창을 조금 닦아 밖을 볼 수 있도록 한 다음 차가운 유리에 이마를 대었다. 바깥에는 제복과 긴 장화를 신은 남자들, 땅에 닿을 듯 말 듯 긴 코트 차림의 여자들이 보였다. 광고 기둥에는 페르질 세제(*빨래를 잘하면 생활이 좋아집니다.*), 카메라(*차이스 이콘 소형 카메라로 자유롭게 사진을 찍어보세요.*), 그리고 뭔지 모르겠지만 여성의 가슴을 크게 하는 데 사용되는 상품(*론도포름Rondoform(론도 형식)으로 아름다운 가슴을*) 등을 선전하는 광고 포스터로 가득했다.

깃대마다 하켄크로이츠 깃발이 펄럭였다. 많은 집에도 하켄크로이츠 기가 걸려 있었다. 코카콜라 광고가 그려진 2층버스가 지나갔고, 맨홀 뚜껑에서는 김이 모락모락 피어났다. 코트에 다윗의 별(유대인 혹은 유대교를 상징하는 표식―옮긴이)을 단 여자가 내 옆에 서 있었다. 그녀는 전차에 승객이 거의 없어서 자리가 많았음에도 그냥 서 있었다.

"앉으세요." 내가 권했다.

그녀는 고개를 저었다.

"앉으시지요."

"앉을 수 없어요." 그녀가 말했다.

앉을 수 있음이 부끄러워 더는 그녀를 쳐다보지 않았다.

그녀와 한없는 거리감을 느꼈다. 내 위에 드리워진 이
고독감을 어떻게 극복할까 막막해졌다. 깃발들, 높은 건물
들, 다윗의 별을 착용한 사람들, 소음, 냄새, 그 모든 것이
낯설었다. 멀리서 볼 때 독일인들은 참으로 커 보였건만,
가까이에서 보니 그들은 나처럼 작았다. 겉보기에만 커다
랗게 보였을 뿐이다. 무엇보다 깃발들만 커다랬다. 독일
깃발들은 매우 컸다.

나는 얼른 이곳을 떠나야겠다고 마음먹었다.

그녀가 소리 없이 내 옆자리에 앉았다. 모피 털이 내 손
을 간질일 정도로 가까웠다.

나는 고개를 돌려 그녀의 눈을 보았다. 앳돼 보였다. 거
의 소녀라 할 만큼.

그녀 쪽에서는 내 흉터가 보이지 않을 것이었다. 나는
옆쪽 창유리에 비치는 내 모습을 흘긋 보았다. 그녀가 흉
터를 볼까 봐 나는 그녀에게로 완전히 몸을 틀지 못했다.
추위에 떠는 듯, 그녀의 어깨는 앞쪽으로 살짝 기울어져

있었다. 그녀의 숨에서 버찌브랜디 냄새가 났다. 그녀는 나의 옷소매를 쓰다듬었다.

"아주 부드럽네." 그녀가 말했다.

나는 뭐라고 대답해야 할지 몰라 가만히 있었다. 우리는 그렇게 한동안 아무 말 없이 나란히 앉아만 있었다.

"나를 어떤 모습으로 그렸는지 봐도 될까?" 그녀가 물었다. 역시나 베를린 사투리였다.

그 질문에 나는 이내 고개를 저었다.

그녀는 무릎에 놓인 커피콩 한 봉지를 두 손으로 꼭 쥐었다. "모델을 해준 대가로 커피콩 한 봉지를 받았어."

그녀는 자신의 모피코트에서 보푸라기를 뽑아냈다. 나는 아무것도 그리지 않은 채 돌돌 말아 백팩에 넣은 앵그르지를 생각했다. 나는 그녀를 그리지 못했다. 그리고 지금은 그녀와 이야기를 나눌 용기가 없었다. 그녀는 아무 일도 아니라는 듯 내게 말을 걸었다. 나는 천천히 몸을 구부려서, 앞줄 의자 등받이에 이마를 대고는 래커칠한 나무의 감촉을 느꼈다.

그녀의 손이 내 어깨를 살짝 쥐었다. 마치 모든 걸 이해한다고 말하는 듯한 손길.

내가 정거장에 도착하기도 전에 일어나자 그녀도 따라

일어섰다. 키는 나보다 작았다. 우리는 잠시 그렇게 나란히 서 있었고, 다음 순간 나는 "안녕히 가세요." 말하고는 통로 쪽으로 빠져나왔다. 나의 무릎이 그녀의 허벅지를 스쳤다. 그녀도 좌석 가장자리를 손으로 짚으면서 나를 따라나왔다. 그녀가 다윗의 별을 단 유대인 여자 옆에 서서 손에 든 커피 봉지를 내려다보더니 주변을 한 번 둘러본 뒤 그 여자에게 커피콩 봉지를 안겨주었다. 그러고는 아무 말도 없이 내가 서 있는 문 쪽으로 걸어왔다.

"저 여자 알아요?"

그녀는 고개를 흔들었다.

"위험하지 않아요?"

"뭐가?"

"유대인을 도와주는 거."

한순간 생각에 잠기는가 싶던 그녀가 스치듯 미소를 지었다. 그러고는 다시 진지한 표정이 되었다.

"난 크리스틴." 그녀가 손을 내밀었다.

"프리드리히."

우리는 잠시 마주보고 손을 잡았다. 전차가 덜컹거렸고, 내 손바닥이 축축해졌다. 크리스틴은 나를 올려다보았고, 나는 내 구두를 내려다보았다.

나는 손등에 키스하는 몸짓을 하며 "먼저 소개하지 못해 죄송합니다. 그뤼에치Gruezi(스위스식 인사)."라고 인사했다.

그녀는 미소를 지으며 고개를 까딱했다.

"아하, 스위스에서 왔군. 그뤼에치."

나는 약간 우쭐한 기분이 되어 고개를 끄덕였다.

"진짜 스위스 여권이 있어?"

내게 그렇게 물어본 사람은 처음이었다. 내가 다시 한번 고개를 끄덕이자 크리스틴의 얼굴이 변했다. 뭐랄까, 눈의 동공이 부풀어 올랐다고 할까.

"베를린의 스위스인이라…. 그런데 왜 나를 안 그렸다는 거지? 오른쪽 뒤편에 앉았었잖아. 다 봤다고."

그녀가 나를 쳐다보았다.

전차가 섰을 때 그녀는 약간 비틀대며 내 손을 잡았다.

"만나서 반가웠어요. 저는 여기에 내려요" 내가 말했다.

"질문에 대답 안 하는 거, 자주 그래?" 그녀가 물었다.

그녀는 전차 계단에서 내 어깨를 꽉 잡고는 따라 내렸다. 코트가 너무 큰 탓에 소매에 가려 그녀의 손은 보이지 않았다. 여러 번 다시 감친 흔적이 있는 솔기가 흰 눈을 배경으로 흔들렸다. 그녀가 내 팔을 잡더니 자신도 간혹 어지러워서 좀 전에 내가 그랬듯 앞 좌석 등받이에 머리를 댄

적이 있다고 말했다. 기차가 덜컹거려서 어지러운 거라며 배낭을 들어주겠노라고, 나를 집까지 바래다주겠다고 했다. 여태껏 그런 말은 누구에게서도 들어본 적 없었다.

"하지만 당신은 여자잖아요."

"그게 무슨 말이야?"

"내가 당신을 집에 데려다줘야죠."

"바보같이 굴지 마." 그녀가 대꾸했다.

브란덴부르크 문을 통과할 때 거리에 눈이 흩날리고 하켄크로이츠 깃발이 바람에 펄럭거렸다. 크리스틴은 내 옆에서 종종걸음으로 걸었다. 나는 곁눈질로 그녀를 보았다.

"신분증!"

보안경찰관 하나가 길을 막아섰다. 정부청사가 있는 구역에 유대인이 얼씬대지 못하도록 호텔 앞에서 종종 여권검사를 했다. 리셉션 매니저는 어깨를 으쓱하며 그것을 '유대인 추방'이라 칭했다.

우리가 멈춰 섰을 때 크리스틴이 한숨을 쉬었다.

경찰은 2초간 내 여권을 훑어보았다.

"신분증이라고 이야기했소."

"전 스위스인이에요. 여권밖에 없어요."

"이방인이군." 보안경찰은 그렇게 말하며 자신의 얼굴을 내 얼굴 쪽으로 들이밀었다.

"어서, 신분증을 보여줘요."

"저기…."

크리스틴이 자신의 신분증을 우리 얼굴 사이로 들이밀었다. "제 것부터 하세요."

나는 그녀의 열린 핸드백 속을 살펴보았다. 핸드백 안에는 뱅자맹 콩스탕의 책이 들어 있었다. 나는 그 책이 금서라는 걸 나중에 알았다. 보안경찰은 그녀에게로 몸을 돌렸다. 그 순간 그녀는 자신의 모피코트 모자를 뒤로 젖혀서 금발 머리를 가스등 불빛 아래 노출했다.

그러고는 "여기요."라고 덧붙이며 고개를 약간 비스듬히 기울여서 보안경찰을 보고 웃었다.

경찰은 무게중심을 이 발에서 저 발로 옮기고는, 손가락으로 자신의 모자를 톡톡 쳤다.

"나에게 통할 것 같아요?" 경찰관이 날 쳐다보며 곤봉에 손을 댔다. "신분증이라고 했잖습니까."

크리스틴이 내 손을 잡더니 코웃음을 치며 이렇게 대응했다. "지금 앞에 있는 사람이 대체 누군지 알기나 하고 그러는 건가요?"

"술 취했어요, 아가씨?"

나는 조마조마한 마음으로 둘 옆에 서 있었다. 크리스틴의 목소리가 더 커졌다. 그녀는 다음 문장을 거의 베를린 사투리를 섞지 않은 채 말했다. "지금 당신 앞에 있는 사람은 상급돌격대 지도자인 프란츠 리트벡이라고요. 친위대 본부의 군의관 대위란 말입니다."

"군의관이라고요?" 보안경찰이 물었다.

"친위대 본부에 있어요."

보안경찰의 시선이 나와 크리스틴 사이를 오갔다. 나는 그를 응시하려고 애썼다. 그러나 도저히 눈을 맞출 수가 없었다. 나는 손에 여권을 들고 있었고, 그곳에 나의 진짜 이름이 적혀 있었다.

"하지만…." 보안경찰이 머뭇거렸다.

"당신 이름을 대세요." 크리스틴이 다그쳤다.

"내 이름?"

"신고할 거예요. 당신은 조국의 수치예요. 상급돌격대 지도자를 이렇게 대하다니요. 부끄럽지도 않나요?"

"하지만…." 경찰관은 내 쪽을 보고 말했다. "하지만 제복을 입고 계시지 않은데, 제가 어떻게…."

"물론 제복을 입지 않아요." 크리스틴이 대꾸했다. "월요일에도 그래요."

그런 다음 크리스틴은 내 손을 끌고는 경찰을 지나쳐 갔다. 나는 영문을 알지 못했다. 스위스인으로 베를린에 체류하는 것은 불법이 아니었다. 보안경찰은 우리에게 공연히 겁을 주는 것 외에 아무것도 할 수 없었다. 하지만 나치 친위대 지도자라고 거짓말을 하다니, 그것은 생명이 위험한 일이었다.

"그냥 내 여권을 보여주면 되는데." 나는 크리스틴에게 말했다.

크리스틴은 나를 끌고 서둘러 걸어갔다. "아무 말 말고 걷기나 해." 그녀가 말했다.

"하지만 저자가 우리를 체포할 거라고요."

"여기서는 아무도 체포하지 않아."

내 손바닥이 축축한 걸 그녀가 알지 못하기를 바랐다.

오십 보쯤 걸었을까. 보안경찰관이 더는 딴지를 걸지 않을 게 분명해졌을 때 크리스틴은 팔꿈치로 내 옆구리를 쿡 찔렀다. 눈송이가 그녀의 코에 떨어져 녹았다.

"월요일에 왜 제복을 입지 않죠?" 내가 물었다.

그녀는 씩 웃고는 어깨를 으쓱했다.

"여기 어디 살아?" 그녀가 물었다.

나는 파리 광장 너머 그랜드 호텔을 가리켰다. 그녀는 멈춰 서더니 붙잡고 있던 내 팔을 놓아버렸다. 나는 축축한 손바닥을 얼른 바지 위에 문질렀다.

"설마." 그녀가 입을 다문 상태로 기침을 하더니 내 팔을 잡고 팔짱을 끼었다. "여행 왔어?"

나는 고개를 끄덕였다.

"호텔에서 지내?"

"네."

"좀 비싸지 않아?"

나는 가만히 있었다.

회전문 앞에서 크리스틴은 고개를 까딱하며 작별 인사를 했다.

"다음번에 그림 보여줄래, 클라이너Kleiner(꼬마)? 그리고 일요일 저녁에 멜로디 클럽에 올래? 내가 거기서 노래를 부르거든."

그녀는 나더러 '클라이너'라고 했다. 아니 '클레에너'라고 발음했다. 그녀가 나보다 작기에 약간 어이없었지만, 기분이 나쁘지는 않았다.

"하지만 난 춤 못 추는데."

"춤 못 춰?"

"못 춰요."

"왜 못 춰?"

"소년 시절 엄마랑 춤춰본 게 다예요"

크리스틴은 나의 소매를 쓰다듬었다.

"소년 시절?"

"네."

"크, 지금도 소년인데."

그녀가 돌아서서 가려고 했다.

"나는 당신을 그리지 않았어요." 내가 빠르게 말을 했다.

그녀는 큰 소리로 웃더니 다시금 내게로 몸을 돌렸다. 호기심 어린 다정한 눈빛이었다.

한순간 정적이 흘렀다.

"그게 무슨 말이야?"

"그릴 수 없었어요."

"어째서?"

"당신을 그냥 바라보기만 했어요." 내 심장이 두근거렸다. "나는…."

그녀가 손가락을 내 뺨에 대었다. 나는 가만히 있었다. 그녀의 손은 나처럼 축축하지 않았다.

"괜찮아."

그녀는 엄지손가락으로 내 눈썹을 쓰다듬고는 고개를 까딱한 뒤 돌아섰다.

"조금 바래다줄까요?" 내가 뒤에서 외쳤다.

그녀는 다시 한번 몸을 돌리더니 말했다. "괜찮아. 클라이너."

그녀가 입술 사이에 유노Juno(담배 이름)를 물고는 성냥불을 붙여 집게손가락과 엄지 사이에 담배를 끼웠다

그녀는 벌거벗은 가로수 아래로 걸어갔다. 길 한가운데로, 눈 쌓인 자갈을 밟으며 그녀는 종종걸음을 쳤다. 일직선이 아니라 지그재그로 걸었다. 외투 안주머니에서 술병을 꺼내더니 걸어가면서 마셨다. 발끝이 약간 안쪽으로 굽어 있었다. 더는 돌아보지 않을 거라고 생각하고 있는데 그녀가 뒤를 돌아보며 오른팔을 흔들었다

나는 길을 건너, 뒤에서 그녀를 따라갔다. 그녀를 오래오래 보고 싶었다. 그녀는 또다시 뒤를 돌아다보았다. 그랜드 호텔 현관 쪽을 건너다보며 나를 찾는 듯 두리번거리더니 내 모습이 보이지 않자 심호흡을 하듯 몇 초간 멈춰섰다. 외투 주머니에서 휴대용 거울을 꺼내 뚜껑을 열어서는 거울을 들여다보며, 곱슬머리를 여기저기 매만졌다. 그녀가 고개를 떨구고는 가만히 서 있다가 담배를 땅에 떨어

뜨렸다.

순간 마치 서서 잠이 든 것처럼 보였다. 잠시 후 그녀는 다른 여자로 깨어났다. 고개를 들고 등을 똑바로 펴고 어깨를 뒤쪽으로 한껏 젖히고 턱을 높이 들었다. 이어 서쪽 방향으로 걷기 시작했다. 보폭이 크고 안정감이 있었다.

• •

4. 사례: 쉴러

증인: 게르하르트 쉴러

게오르크 쉴러가 그루네발트의 티켓 취급소에 갔을 때 취급소 문 앞에서 피고가 서서 이렇게 말했다. "다 되었어요. 옆방에서 티켓이 나오길 기다려주세요. 티켓을 가져다 드릴 거예요." 쉴러는 옆방으로 들어갔고 다른 유대인들과 함께 체포되었다. 이후 그로세 함부르거 가(베를린에 있는 지명)의 수용소에 수감되었고 나중에 아우슈비츠에서 죽었다.

B1. I/40, 165

나는 2주 동안 미술학교에 다니며 호텔 방에서 그림을 그리고, 미술관을 구경했다. 크리스틴을 생각하지 않으려 애쓰면서 크리스틴을 생각했다. 쇼이넨 지구에서 많은 시간을 보냈다.

그리고 2주 뒤 이스탄불로 가는 기차표를 끊었다. 크리스틴을 다시는 만나지 말아야지 했다.

외팔이 엘리베이터맨에게 멜로디 클럽을 아느냐고 물었다. 그러자 그는 그런 클럽들이 불법이라는 걸 아느냐고 되물었다.

"흑인음악이죠." 그가 말했다. 그러고는 "완전히 유대화 되었어요." 하고 덧붙였다.

"음악은 음악이죠." 내가 말했다.

"그렇게 생각하신다면." 엘리베이터맨이 대꾸했다.

그 날 저녁 호텔 방에 들어가자 책상 위 서진paper weight 아래에 쪽지 하나가 끼워져 있었다. '모아비트(베를린의 지역 이름)'라는 지명과 함께 거리 명, 번지수가 적히고 옆에 '조심하세요!'라는 문장이 쓰여 있었다.

토요일 저녁에 나는 그 주소로 찾아갔다. 가는 길에 호텔 앞 광고 기둥에 붙은 포스터를 봤다.

비누를 아껴 쓰시오. 비누는 현재 아주 유용하고 부족한 재료인 지방과 기름으로 되어 있습니다. 비누를 절대로 물에 담그지 마시오! 쓸데없이 거품을 내지 마시오! 비눗갑을 늘 건조한 상태로 유지하시오! 조각비누를 절대로 버리지 마시오! 솔, 모래, 부석(속돌), 나무재, 쇠뜨기, 담뱃재를 적극 활용하고, 따뜻한 물에 자주 씻음으로써 비누 사용을 최소화하시오!

느낌표의 시대였다.

베를린은 시끄러웠다. 하일란트 교회에서 자정을 알리는 종소리가 들려왔고, 마차의 말발굽 소리가 요란했다. 한 술집에서는 바이올린 소리와 춤추는 사람들의 구둣발 소리가 새어나오고, 자동차들은 귀청 찢어질 듯한 나무가스 엔진 소리를 내며 지나갔다. 나는 양옆으로 밤나무가 늘어선 조용한 모랫길로 접어들었다. 밤공기를 들이마셨다.

거리에는 벽돌로 된 공장건물들이 서 있었다. 클럽이 들어서 있다는 건물은 어두웠다. 그 건물 앞에 서자 작은 소리가 들렸다. 귀를 문에 대어보았다. 문은 잠겨 있지 않다. 나는 홀을 통과해 아래로 이어진 계단을 내려갔다. 계단 끝에 철문이 나왔다. 그 문에 표지판 하나가 붙어 있었다. '스윙댄스 금지. 제국 문화부'라고 적혀 있었다. 색소폰 소리가 새어 나왔다. 경첩에는 기름칠이 되어 있었다.

안에서는 피아니스트, 타악기 주자, 콘트라베이스 주자, 색소폰 주자 한 명씩으로 구성된 소규모 재즈악단이 연주를 하고 있었다. 사람들이 느린 노래에 맞춰 춤을 추었다. 나는 어스름한 공간에서 아연 도금한 바 쪽을 쳐다보았다. 하얀 셔츠에 멜빵을 한 여자가 그곳에 서 있었다. 가냘프고 꼿꼿했다. 가까이에서 보니 겨울인데도 얼굴에 주근깨가 피어 있었다. 공기는 뜨거웠다. 내가 원한 베를린이었다. 클럽에는 창문이 하나도 없었다.

나는 어두운 공간에서 편안함을 느끼는 사람이었다.

구석 테이블에 앉았다. 바닥에 그레이하운드 한 마리가 앉아 있었다.

얼마 후 문이 열리고 한 남자가 들어왔다. 머리가 천정에 닿을 정도로 키가 컸다. 코트는 맞춤옷인 듯했다. 뭔가를 종이로 둘둘 말아 손에 들고 있었다. 나는 그레이하운드가 눈을 뜨는 걸 보았다. 그가 들어오자 타악기 주자가 더 빠른 리듬으로 갈아탄 건 우연이었을까.

모든 이의 시선이 엷은 미소를 짓는 그에게로 향했다. 남자가 리듬에 맞추어 바 쪽으로 다가가자 주근깨 많은 여자가 그에게로 걸어왔다. 남자는 반동을 이용해 그녀를 댄스플로어 쪽으로 회전시켰다. 악단은 한 곡이 끝나기까지 오로지 그만을 위해 연주하는 것처럼 보였다. 남자는 눈을 감고 춤을 추었다. 춤이 끝나자 그가 여자에게 손 키스를 하고는 뒤축을 이용해 180도 방향을 튼 뒤 내 쪽으로 걸어왔다. 나는 가슴이 두근거렸다. 모자 아래 밝은색 머리칼이 삐져 나와 있었는데, 나보다 훨씬 나이가 많은 듯했다. 서른 살쯤 되었을까. 하지만 미소가 앳되고 얼굴은 흉터도 없이 깨끗했다.

그가 내 앞에서 바닥에 무릎을 꿇고는 종이를 풀어 힘줄이 붙은 생쇠고기를 꺼냈다. 그의 벨트 홀스터(권총집)에는 권총이 들어 있었다. 그레이하운드는 허겁지겁 고기를 먹었다. 주변을 둘러보던 그 남자의 시선이 내게서 멎었다.

"앉아도 돼요?" 그는 그렇게 물으며 손으로 내 옆자리를 가리켰다. 높고 허스키한 목소리가 체구와 어울리지 않았다. 그는 허리를 꼿꼿이 세우고 앉았다.

"누군가 말해준 적 있나요? 당신의 속눈썹이 엄청 아름답다고?" 남자가 그렇게 물으며 내 눈을 가리켰다.

나는 얼결에 고개를 끄덕였다. 사실은 난생 처음 듣는 소리였다.

"역시나 금지된 음악의 애호가?" 그가 물었다.

저절로 시선이 그의 손으로 향했다. 그는 하얀 손수건으로 손에 묻은 피를 문질러 닦고 있었다.

"재즈 말예요, 재즈 좋아해요?"

"그냥 아는 여자분을 좀 만나러요."

"멋지군." 그 남자는 그렇게 말하며 잔을 높이 들었다. 반쯤 채운 잔을 외투 주머니에 넣고 온 모양이었다. 크리스털 코냑 잔이었다. "아는 여자분을 위해." 그가 말하고는 술을 홀짝이며 잔 가장자리 너머로 내게 윙크를 했다. 왼손 가운뎃손가락 손톱 아래에 피가 끼어 있었다.

우리 둘은 잠시 음악가들의 연주를 들었다. 남쪽 나라에서 온 듯한 외모의 여자가 높은 목소리로 노래를 불렀다.

When dawn comes to waken me,
You're never there at all,
I know you've forsaken me
Till the shadows fall,

"콜 포터Cole Porter(미국의 팝 음악 작곡가)가 벌써 오랫동안 아무 곡도 쓰지 않고 있다는 거 알았어요? 승마사고를 당한 뒤부터." 그 남자는 누가 엿들을까 봐 조심하는 듯 나지막한 소리로 말했다. "악기 연주할 줄 알아요?"

"전에 비올라를 배운 적 있어요. 하지만 잘은 못해요." 내가 말했다.

그가 내 손가락을 유심히 보다가 내 손가락 끝을 만졌다. 비올라를 손에 잡은 지 정말 오래였다.

"꼭 같이 연주를 해야겠군요. 스위스인인가요?"

내가 고개를 끄덕였다.

"어디?" 그가 물었다.

"제네바요"

"아, 제네바. 그랑 테아트르. 그곳을 위해 건배합시다."

그 남자는 코냑 한 병을 주문하고는, 예전 보모가 스위스 출신이어서 스위스 억양을 좋아한다고 말했다. 지금은 로잔 출신 가정부를 고용하고 있다고도 했다. 그리고는 콜 포터가 하버드에서 법학을 공부했다며, 포터의 코 모양만 봐도 좀 지적인 느낌이 나지 않느냐고 물었다. 말을 많이 했다.

그러다가 잠시 동안 말을 멈추더니 이렇게 물었다. "당신은 뭘 하죠?"

"무슨 말씀이신지?"

"무슨 일을 하며 사느냐고요."

"그냥 여행하고 있습니다." 내가 대답했다.

"멋지군요. 그 밖엔?"

"아무것도 안 해요."

"에이, 뭔가는 할 거 아닙니까."

"그림을 조금 그려요. 당신은요?"

"내 이야기는 천천히 하고요. 왜 하죠?"

"왜 그림을 그리냐고요?"

"맞아요. 왜 그림을 그리느냐, 그거죠."

나는 앉은 채 잠시 생각을 했고, 그 남자는 줄곧 나를 쳐다보고 있었다.

"오랫동안 그리지 못했어요. 그림을 그릴 때 안정감을 느끼죠. 그림들 속에 있으면 안심이 돼요. 제 말 이해할 수 있어요?"

그가 내 어깨에 손을 올렸다.

"아뇨."

이런 눈빛을 가진 사람은 처음이었다. 그는 내 쇄골을 어루만졌다.

"널 좋아할 수 있을 듯한데." 그가 말했다.

그가 모든 면에서 나보다 우위에 있다는 걸 알았다.

그가 콧바람 좀 쐬고 오겠다며 밖으로 나갔을 때, 주근깨가 있는 웨이트리스가 내 테이블로 왔다.

"폰 아펜의 친구야?"

폰 아펜. 나는 고개를 흔들었다. "아뇨."

"폰 아펜이 정말로 모라비아의 왕자야?" 그녀가 물었다.

"죄송하지만, 모르겠어요."

"최소한 실세라고 들었는데."

"모르겠어요."

"대체 아는 게 뭐야?"

"난…."

"말 이야기는?"

나는 고개를 저었다.

"말 이야기는 알겠지?"

"죄송해요."

그녀가 내 콤비의 옷깃을 잡고는 얼굴 쪽으로 고개를 들이미는 바람에 그녀에게서 더운 기운이 확 전해졌다.

"그럼 내가 말 이야기를 해줄게. 그러니까 폰 아펜 씨가 폴란드 놈들이 있는 곳에 나타났다는 거야. 동프로이센 어디라더라? 암튼 제2기갑사단이 마지막 남은 폴란드 애들을 총살해 버리고, 몇 사람 남지 않았을 때였대. 그 개 같은 폴란드 놈들이 양말 속에 방망이 수류탄을 넣어서는, 그걸 나무 수지에 담갔다가 탱크 아래쪽에 붙였다고 하더라고. 비겁한 돼지놈들. 그런데 어느 날 밤, 폰 아펜이 나타난 거야. 검은 말을 타고 제2기갑사단의 숙영지로 들어왔어. 죽음의 신처럼(저승사자) 말이야. 어떤 사람들은 하얀 말이라고 하던데 암튼 그런 건 중요하지 않고. 어쨌든 죽음의 사신처럼. 제복도 입지 않고, 검 한 자루 외에는 무기도 없이 왔다는 거야. 허리춤에 검 한 자루만 차고 있었대. 그가 말하기를, 자신이 유격대원들을 돌보러 왔다고. 혼자서 말이야. 검을 차고 말을 타고 죽음의 신처럼 왔다니까. 그는 부엉이처럼 야간 시력이 좋고, 말을 잘 탄대. 비엔나 왈츠는 요정처럼 춘다더군. 전문 연주자처럼 바이올린을 켜고. 그렇게 말을 타고 지휘관Kommandant(함장)의 초소 앞에 와서 말이야…."

그 순간 폰 아펜이 내 어깨를 툭 쳤고, 주근깨 웨이트리스는 화들짝 놀랐다.

"전쟁 동화 시간인가?" 폰 아펜이 윙크를 했다.

"Kommandeur라고 해야지, Kommandant는 배를 타고 다니니까."

웨이트리스는 폰 아펜의 뺨에 입을 맞추고는 바 쪽으로

돌아갔다.

"정말이에요?" 나는 물었다.

"요정 이야기는 맞아요." 폰 아펜이 말했다.

"검 이야기는?"

"물론 아니지."

"그런데 왜 그런 이야기를 해요?"

"사람들은 그런 이야기를 좋아하니까."

"하지만 거짓말이잖아요."

"그렇죠. 아, 저기."

크리스틴이 무대에 나왔을 때 나는 그녀를 곧바로 알아보지 못했다. 크리스틴은 속삭이듯 노래를 했다. 몇 군데는 음이 맞지 않았다. 베를린 억양이 섞인 영어로 노래했다. 머리에 공작 깃털을 꽂고 허리 부분이 스판으로 된 도트 무늬 원피스를 입고 있었다. 세 번째 노래가 끝난 뒤 그녀는 우리 쪽을 바라보았다.

"저 아가씨는 아니겠죠, 설마? 저 여자는 센데." 폰 아펜이 말했다.

그는 박자에 맞춰 발목으로 의자의 다리를 두드렸다.

"난 트리스탄."

"프리드리히."

"저 여자 가슴 봐봐. 당신 고생 꽤나 하겠는데?" 그가 말했다.

"그녀에 대해 그렇게 말하지 마세요."

"에이 농담이야, 농담." 트리스탄은 아무것도 아니라는 듯 그렇게 말하고는, 집게손가락으로 그레이하운드 개를 가리켰다.

"이탈리안 빈트슈필(이탈리안 그레이하운드를 일컫는 독일어)이야."

나는 고개를 끄덕였다. 그가 무슨 말을 하는 건지, 어떻게 개가 주인도 없이 클럽에 먼저 앉아 있었던 것인지 차마 묻지 못했다. 트리스탄은 몸을 굽히고는 개의 귀를 가볍게 쓰다듬었다.

"이 강아지가 이탈리안 빈트슈필 종이란 말이야. 가장 좋은 종에 속하지. 매일 20킬로미터씩 뛰어야 해. 강아지 좋아해요?"

"아뇨." 내가 대답했다.

트리스탄은 내가 농담이라도 한 듯 웃었다.

"질문해도 될까요, 폰 아펜 씨?"

"트리스탄이라 불러. 뭐든지."

"무슨 일을 하세요?"

"아무것도 안 해. 사랑만 해." 그가 대답했다.

크리스틴이 무대에서 내려와 우리 테이블로 다가왔다. 그녀가 내 얼굴의 흉터에 키스를 하자 나는 소름이 돋았다.

크리스틴이 내 귀에 대고 속삭였다. "왔구나." 그녀에게서 휘발유에 감초가 섞인 냄새가 났다. 발리스톨 냄새. 집에서 익히 맡았던 냄새로, 발리스톨은 무기에 칠하는 윤활유였다. 하지만 그녀에게서 이런 냄새가 나는 건 내 상상일지도 몰랐다. 그녀는 밝은 곱슬머리를 귀 뒤로 쓸어넘겼지만, 머리칼은 곧장 볼 쪽으로 다시금 흘러내렸다.

당신도 왔군요. 나는 속으로 그렇게 속삭였다.

크리스틴은 트리스탄에게 고개를 까딱하며 인사를 했다. 마치 빈정거리는 듯한 몸짓이었다. 트리스탄은 손톱에 매니큐어를 칠한 그녀의 가늘고 긴 손가락을 잡고는 손키스를 했다. 트리스탄의 손톱 아래 피는 사라지고 없었다.

"이미 당신에 대해 놀란 적이 많았습니다." 그가 말했다.

"고마워요." 그녀가 대꾸했다.

"문글로Moonglow였나요?" 트리스탄이 물었다.

그녀는 반쯤 다문 입술에 집게손가락을 대었다.

"금지곡이에요." 그녀가 소곤거리며 웃었다.

"좋았어요." 트리스탄이 말했다.

나머지 시간에 나는 노래와 대화를 들었다. 크리스틴의 보조개를 가까이에서 볼 수 있어 행복했다. 트리스탄의 우아한 제스처와, 스윙 박자에 맞춰 말을 하는 것이 멋졌다. 트리스탄은 우리가 오랜 친구인 양 연신 내 어깨를 툭툭 쳤다. 크리스틴은 바에서 소시지 빵을 내 앞으로 주문해서 자기가 먹었다. 그리고 손을 내 무릎 위에 올려놓았다. 내게 그런 스킨십을 한 사람은 그녀가 처음이었다.

그녀는 핸드백에서 초콜릿을 꺼내어 먹었고, 트리스탄의 모자 테를 구부렸다. 그녀는 술을 빠르게 마셨고, 술값은 우리가 계산하게 했다. 트리스탄은 거나하게 취해 테이블 가장자리에 몸을 지탱해야만 했다.

추운 새벽이었다.

우리가 클럽을 나섰을 때 공장 홀의 유리에는 서리가 끼어 있었다. 크리스틴은 우리 사이에서 팔짱을 꼈다. 트리스탄은 비틀거렸고, 크리스틴은 똑바로 갔다. 개는 우리 옆에서 종종걸음을 했다. 트리스탄은 자신의 코냑 잔을 다시금 외투 주머니에 집어넣었다. 그는 클럽 앞에 주차해둔 차에 타고는 강아지를 무릎에 올려서 귀 뒤쪽 털을 쓰다듬었다.

"Aut invaniam viam aut faciam(나는 길을 찾거나 새로 만

들 것이다)." 트리스탄은 그렇게 말하고 집게손가락으로 나를 가리켰다. "누가 한 말이지?"

나는 침묵했다. 트리스탄은 차에 시동을 걸었다.

"한니발. 굿나잇." 그가 그렇게 말하며 내 손을 자기 손에 포개어 손등을 어루만졌다. "느낌이 어때?" 그가 묻고는 대답을 기다리지 않은 채 출발했다. 앞 차창이 반쯤 얼어 있었다.

"잘 자요, 술고래님." 크리스틴이 뒤에서 외쳤다.

크리스틴은 나를 꽁꽁 언 모랫길로 이끌더니 밤나무 세 그루쯤 지나서 키스를 했다. 나는 눈을 뜬 채로 있었다.

그녀는 손으로 내 멜빵을 잡고는 "쳇! Invaniam이 아니라 Inveniam이야, 허풍선이 같으니."라고 했다.

그녀가 손가락을 내 뒷머리에 넣어 어루만졌다. 그녀에게서는 담배와 술맛이 났고, 코는 차가웠다. 기침을 하느라 몸이 흔들렸지만 내게는 방해가 되지 않았다. 내 어깨에 턱을 올린 채 기침을 했기 때문이었다. 그녀는 나를 포근하게 안아주었다. 나는 코냑으로 인해 속이 안 좋았지만 이 밤이 영원히 계속되기를 바랐다.

크리스틴이 내 뺨을 어루만졌다.

"나의 스위스인." 그녀가 속삭였다.

"옛날에는 아주 여러 번 투명인간이 된 기분이었어." 내가 말했다.

"네가 얼마나 특별한데."

"내가 없는 것 같았어."

이 순간에 내가 왜 그 말을 하는지 알 수 없었다. 내 외투 속에서 그녀의 손이 목 쪽으로 더듬어 올라가는 게 느껴졌다.

"이제 넌 내 곁에 있잖아."

그녀가 추울 것 같아서 나는 코트를 열어 그녀를 감쌌다. 그러고는 그녀가 이 새벽 마지막 키스를 하기 전에 아까부터 궁금했던 걸 물어보기로 했다.

"문글로Moonglow."

"응."

"그게 왜 금지곡이야?"

"베니 굿맨 거야."

"그런데?"

그녀는 내 목을 손으로 감싸고는 나를 꽉 끌어안았다.

"유대인이야." 그녀가 말했다.

그녀는 내 코트에서 손을 빼고는 한 걸음 물러서서 집게 손가락을 자신의 입술에 대었다가 다시 내 입술 위에 대었다. 그러고는 혼자서 새벽 속으로 걸어갔다.

••

6. 사례: 카임 호른과 그의 부인, 두 자녀

증인: 엘제 바이트

피고는 유대인들이 은신해 있던 베를린 CZ, 로젠탈러 가 29번지에 있는 브린덴베르크슈타트Blindenwerkstatt(원래 장애인들을 고용하는 공장) 벤트에 왔었고, 이튿날 피고의 밀고로 비밀경찰이 와서 모든 유대인을 체포하여 함부르거 가의 수용소로 데려갔다. 이 중에는 카임 호른도 있었다. 그는 부인과 두 자녀와 함께 옷장으로 은폐된 공간에 숨어 있다가 붙잡혔다. 호른 가족은 다른 유대인과 더불어 테레지엔슈타트와 아우슈비츠로 이송되었고, 그 이후 행방불명되었다.

B1. 1/15, 112, 188

1942년 2월. 미국 정부의 입장을 대변하는 국영방송 '미국의 소리Voice of America'가 독일어로 첫 방송을 내보낸다. 그 달 독일 해군은 대서양 북부, 서부, 중부, 남태평양, 남서태평양, 태평양 중부, 북극해, 북해(독일 북서쪽의 바다), 지중해, 발트해, 인도양, 흑해, 비스케이 만에서 해전을 벌인다. 제3제국의 유대인들에게는 애완동물을 키우는 것이 금지된다. 글렌 밀러는 찬타누가 추 추 Chattanooga Choo Choo로 음악사상 최초의 골든 디스크 상을 받는다. 요제프 괴벨스 박사의 나치(국가사회주의 당원)의 십계명 중 두 번째 계명은 이러하다. "독일의 적은 너의 적이다. 전심으로 미워하라." 로스앤젤레스 빌트모어 호텔에서 오스카상 시상식이 열린다. 월트 디즈니가 '최우수 단편 만화영화(애니메이션)'상을 받는다. 루스바흐 출신의 소농 블라지우스 디그루버와 그의 아내 안나는 밀도살로 말미암아 잘츠부르크 특별재판소에서 각각 2년과 1년의 징역형을 선고받는다. 미국 정부감독위원회는 미국 내 알루미늄을 모두 압류할 것을 지시한다. 괴벨스는 자신의 일기에 "우리는 경쾌한 방송음악, 가벼운 문학 같은 것을 통한 휴식의 가능성을 마련해야 한다."라고 쓴다. 이탈리아 식당은 육류요리를 토요일에만 제공할 수 있게 된다. 유대인을 아우슈비츠로 실어나르는 첫 열차가 오베르슐레지엔의 보이텐을 출발한다.

나는 이스탄불로 가는 기차표를 그냥 버렸다. 그러고는 이어지는 날들을 미술학교의 한 선생님이 권한 연습을 하면서 보냈다. 나는 사과 그리는 연습을 했다.

　나는 사과를 창가에 올려놓았다. 선생님은 사과가 가장 단순한 대상이라고 했다. 나는 그림에 포커스를 주기 위해 사과의 가장 어두운 부분을 찾으려고 애썼다. 어릴 적에 여남은 번 사과를 그린 적이 있다. 사과 그림은 초심자를 위한 연습이다. 그러나 나는 세잔의 그림을 떠올리며, 그가 사과를 어떻게 그렸을지를 생각했다. 셋째 날 점심때 사과를 먹어버렸다.

　미술학교의 사무처에 가서 나는 크리스틴의 성이 무엇인

지 알아보았다.

"크리스틴 씨에게 라틴어를 배우는 학생이죠?"라고 직원이 물었다. 그의 안경알은 이 날에도 여전히 더러워서, 내 모습이 제대로 보일까 의문스러웠다. 그 직원이 혼란스러워 하는 나의 눈빛을 본 듯했다.

"미스 크리스틴은 라틴어학교의 몇몇 학생들에게 수업을 해줘요. 문법을 보충해주죠."

"확실한가요?"

"아뇨. 정확히는 모르겠어요. 아무도 정확한 건 모르죠. 하지만 크리스틴을 테스트해 봤어요. Ass('당나귀' 혹은 '바보'를 뜻하는 이 단어는 라틴어 asinus가 여러 시대와 지역을 거치는 동안 의미 및 표기법이 조금씩 변하면서 현재에 이르렀다–편집자)의 변화 같은 거 말이에요."

"크리스틴의 성을 아세요?"

그녀가 머뭇거렸다. "아뇨, 그건 물어보지 않았어요."

나는 밤에 멜로디 클럽으로 가서 웨이트리스에게 똑같은 질문을 했다.

"크리스틴이라는 사람은 여기서 노래하지 않는데." 그녀가 대답했다.

호텔 방에 전화가 울려서 받으니 리셉션 매니저가 폰 아펜이라는 신사가 로비에 와 있다고 전해주었다. 그 말을 듣자 관자놀이에 맥박이 뛰는 게 느껴졌다. 멜로디 클럽에서 처음 만났던 게 2주 전이었다.

트리스탄은 호텔 로비의 대리석 기둥에 기댄 채 〈*Das Schwarze Korps*〉(나치 무장친위대 신문)을 읽고 있었다.

"잘 지내?" 그가 물었다. 그의 악수가 부드러웠다.

며칠간 너무나 외로웠던 나머지 폰 아펜을 껴안을 뻔했다. 그는 가르마를 타서 머리를 양옆으로 넘기고, 투버튼 줄무늬 모직 양복을 입고 있었다. 여종업원들은 호텔 로비의 카펫 위를 서둘러 오가며 트리스탄을 흘긋거렸다. 그러다 트리스탄이 아는 체를 하자 그들은 미소를 지었다. 트리스탄에게서 풀 먹여 다림질한 냄새가 났다. 내 팔레트에 있던 네이플옐로 냄새와 비슷했다. 그가 나를 어떻게 찾아냈는지 묻지 않았다.

"그 밤은 어땠어? 좋았어?" 그가 물었다.

나는 카펫을 내려다보았다.

"그 정도의 페르비틴(독일 제약회사 템러 베르케가 1938년부터 출시한 필로폰 성분 약물-편집자)이면 코끼리도 작살낼 수 있겠더만." 그가 말했다.

"무슨 말이죠?"

"크리스틴이 계속 먹는 그 초콜릿 말이야. 그거 페르비틴이 들어간 거야."

트리스탄은 내 어깨에 한 팔을 둘렀다. 좋은 느낌이 났다. 독일인들은 이런가 보다 하는 생각이 들었다.

그는 어깨동무를 한 채 로비를 가로질렀고 어두운색 폭스바겐 앞에 이르러서야 팔을 풀었다. 트리스탄이 차에 올라타더니 안쪽에서 옆 좌석 문을 열어주었다. 목적지가 어디인지 알지 못했지만, 그와 함께 하는 것이 좋았다. 날아갈 것 같았다. 트리스탄은 시종일관 마치 음악을 듣고 있는 것처럼 움직였다.

"장미목이야." 트리스탄이 그렇게 말하며 계기판을 톡톡 쳤다.

그는 콧노래를 흥얼거리며 베를린의 빈 거리로 조심스럽게 차를 몰아 사비니 광장으로 갔다.

차에서 내린 트리스탄은 집 벽 근처 바닥에 가만히 웅크리고 있는 작은 다람쥐를 관찰했다. 그러고는 무릎을 꿇더니 다람쥐를 들어올렸다.

"하이고, 귀염둥이." 그가 말했다.

다람쥐는 수줍은 동물이다. 그러나 이 다람쥐는 트리스

탄이 무섭지 않은 것 같았다.

"누군가가 동물을 어떻게 대하는지를 내게 보여줘라. 그러면 그 사람이 괜찮은 사람인지 아닌지를 말해주겠다." 트리스탄이 중얼거렸다.

현관에서 모자를 쓴 관리인이 우리에게 인사를 했다. 출입문 옆에는 에나멜페인트로 '*주인집 사람들만을 위한 출입문!*'이라고 쓴 표지판이 붙어 있었다.

트리스탄의 집은 혼자 살기에는 너무 컸다. 밝은색 벽은 스투코Stucco(건축의 천정과 벽면, 기둥 등을 덮어 칠한 화장도료. 석고를 주재료로 대리석가루, 점토분 등을 섞어 만든다—옮긴이)로 마감되었다. 저녁 모임을 할 수 있을 만큼 커다란 식탁이 놓여 있었는데, 식탁 위 빈 꽃병에 기대어 놓은 바이올린이 눈에 들어왔다. 복도에 달린 샹들리에와 현관 옷걸이의 백합 모양 고리도 눈에 띄었다. 그리고 거실에는 구리선으로 짠 망 재질 피스트(펜싱 코트)가 설치되어 있었다. 일 미터 정도 길이로 벽에 고정한 선반 위의 점토 올빼미들도 시선을 잡아 끌었다. 올빼미들은 크기가 여러 가지였는데 가장 큰 건 실물 크기였다. 트리스탄은 올빼미를 명도에 따라 배열해 놓고 있었다.

이렇게 창문이 큰 집은 처음이었다. 노을이 비스듬히 마롯바닥으로 떨어졌다.

트리스탄은 엄지손가락으로 손에 든 다람쥐의 머리를 쓰다듬었다.

"우리가 간호해줄게."

트리스탄은 옆방에서 마분지 상자를 가져와서, 창턱에 올려놓고는 그 안에 다람쥐를 넣었다.

"자, 한 판 해볼까?"

트리스탄은 내게 펜싱용 메탈 재킷을 건네고는 펜싱복으로 갈아입기 위해 그 자리에서 옷을 벗었다. 입고 있던 바지는 접고, 콤비는 옷걸이에 걸었다. 트리스탄은 창백했으며, 근육은 길고 빈약했다.

"한 남자를 잘 알기 위해서는 시합을 해봐야지." 트리스탄이 말했다.

나는 진부한 말이라고 생각했다.

"속설 아닌가요?" 내가 대꾸했다

그때 머리에 하얀 두건을 쓴 여자가 나타났다. 그녀는 다람쥐가 담긴 상자를 들여다보았다.

"봉주르, 마드무아젤. 맥주를 피처로 하나 가져다 줄 수 있나요? 그리고 집에 로크포르 치즈 있어요?" 트리스탄이 프랑스어로 말했다.

그의 프랑스어는 스위스인들만 사용하는 특유의 딱딱한 울림을 가지고 있었다. 고향에서 익히 듣던 프랑스어였다.

"곧장요. 헤어(미스터) 폰 아펜. 비앙 쉬르(물론이죠)."

그녀의 독일어에는 프랑스 악센트가 묻어 있었다.

"그리고 마드무아젤. 창턱에 베베 이부(아기 부엉이)가 있어요. 무크가 그 옆에 가까이 가지 않도록 조심해 주세요." 트리스탄이 프랑스어로 말했다.

그러자 여자가 프랑스어로 대꾸했다. "무슈 아펜, 죄송하지만 표현을 좀 고쳐도 될까요?"

"그야 물론이죠."

"작은 실수를 하나 했어요. 이부(부엉이)가 아니라 에큐레이(다람쥐)예요."

"아하, 감사해요. 에큐레이. 암요, 말해줘서 고마워요."

"별말씀을요."

트리스탄은 왼손으로 다람쥐가 있는 창턱을 가리키며 팔을 뻗었다. 그의 팔뚝에 작은 문신이 보였다. 검은색으로 null(숫자 0을 가리키는 단어)이라는 문신이 새겨 있었다.

"격식 없는 저녁 파티를 하려는데 괜찮겠지요?"

"물론이죠. 미스터 아펜"

그 여자는 방을 나갔다. 트리스탄이 말했다. "천사야. 침대보를 한 손으로 갤 수 있지. 프랑스어도 탁월하게 구사하고 말이야. 나는 프랑스어를 배우고 있어."

나는 얼른 옷을 갈아입었다. 펜싱 재킷이 길어서 소매를 걷어야 했다. 트리스탄은 내게 검을 주었다.

"검. 1미터 10짜리야. 내가 재봤어. 삼각형 단면에 탄력이 좋지. 고품질의 졸링겐 스틸Solingen steel(졸링겐의 철)로 만든 거야."

그는 선생님 역할이 마음에 드는 듯했다.

"원래는 귀족들만 쓰던 거지. 하지만 이제 귀족이 어디 있겠어. 그렇지 않아? 어쨌든 펜싱 스포츠에서는 가장 뛰어난 무기지."

나는 손가락으로 칼날 끝을 만져보았다. 뭉툭했다.

"가장 치명적인 무기이고." 트리스탄은 그렇게 말하면서 자신의 검 끝으로 내 심장이 있는 부분을 눌렀다.

나는 검을 왼손으로 쥐었다. 스텝을 일부러 잘못 밟는 건 식은 죽 먹기였다.

우리는 3라운드 시합을 했고, 나는 득점 없이 패했다. 트리스탄은 빨랐다. 타격 범위가 넓었다. 한동안 '흑갈색은 헤이즐넛'(독일 군가)의 리듬에 맞추어 시합을 했다.

"소질 있네." 마지막 라운드가 끝난 뒤 그가 말했다.

시합을 마친 뒤 우리는 정제하지 않은 독일 맥주를 돌 잔에 따라 로크포르(치즈 이름)를 곁들여 마셨다. 트리스탄의 관자놀이에서 굴러내린 땀방울이 돌 잔으로 떨어졌다.

"치즈 맛있어?"

내가 고개를 끄덕였다.

트리스탄은 전쟁 중에는 우리가 누구인지 잊어버리기 쉽다고 말했다. 독일 사람들은 문화민족이라는 것, 하이네와 바그너의 나라라는 사실을 잊어버리기 쉽다고. 그래서 양질의 식사를 하는 것이 중요하다고 했다. 그것이야말로 우리 문화의 표현이기 때문에. 전쟁 중이라고 그것을 잊어서는 안 된다면서 덧붙였다. "다른 사람들은 어둠을 봐. 나는 아름다움을 보지."

그는 치즈를 가리켰다.

"마르셰 데장팡 루지Marche des enfants rouges 거야." 트리스탄의 목소리에서 자랑스러움이 묻어났다.

"그럼 배급은요?" 내가 물었다.

"사람에 따라 다르겠지. 배급에 의존할 필요가 없는 삶도 있거든." 트리스탄은 그렇게 말하다 잠시 주춤하더니 "하지만 뭐 어디 가서 그런 이야기는 하지 말고. 자, 여기 슈프레 숲 오이피클이나 먹어봐."라고 했다.

가정부가 병조림한 딸기와 그 위에 뿌려 먹을 설탕을 가져왔다. 트리스탄은 아틀란티스와 요가에 대해, 마다가스카르와 칼 슈미트에 대해 이야기했다. 이스라엘 사람들이 더 이상 미용실에 출입을 못 하니, 모습이 그렇게 추해 보이는 것도 놀라운 일은 아니라고도 했다.

나는 설탕통 위에 적힌 문장을 속으로 되풀이해 읽었다. "설탕을 절제하는 건 말도 안 되는 일이다. 신체는 설탕을 원한다. 설탕은 영양가가 높다!"

트리스탄은 인스트루멘탈instrumental 스윙 음반을 걸고는 은제 버터나이프 두 개로 설탕통 위를 두드리며 박자를 맞췄다. "유대인 음악의 이런 소리는 이루 형용할 수가 없어. 저 색소폰 소리 말야."

내게도 색소폰 소리가 들렸다. 트리스탄이 그런 말을 해서 기뻤다.

벽에는 별도의 조명이 비추는 유리 상자가 걸려 있었다. 상자 속 전면에 못으로 고정된 깃털 하나가 보였다. 나는 일어서서 그 깃털을 들여다보았다. 검은 빛이 났다.

"그게 뭔지 알아?" 트리스탄이 물었다.

그렇게 물었지만 딱히 대답을 기대하는 건 아니었다.

"닭 깃털이야. 하인리히 루이트폴트Heinrich Luitpold

Himmler(나치의 유대인 대학살을 주도한 최고 책임자 하인리히 루이트폴트 힘러를 말함)가 내게 선물한 거야. 키우던 닭이 새끼를 낳아서."

트리스탄은 소파 옆에 놓인 책상서랍을 열고는 연발 권총을 꺼냈다.

"이것도 그의 선물이야." 트리스탄이 권총을 조명에 비추었다. "사람을 쏘아본 적 있어?"

트리스탄은 식당으로 돌아갔다. 거리 쪽으로 난 커다란 창 앞에 밤나무가 한 그루 서 있었다. 나뭇가지가 창까지 드리워졌다.

"궁금해서 말야, 스위스에서도 다람쥐Eichhoernchen와 회색다람쥐Grauhoernchen가 생존 다툼을 벌여?"

나는 '회색다람쥐Grauhoernchen'라는 이름을 처음 들었다. 트리스탄은 그 일에 대해 자세히 설명해주었다. 어떤 영국 사람이 북아메리카에서 서식하는 회색다람쥐를 들여와 영국에 풀어놓는 바람에 토종 다람쥐가 밀려날 위기에 처했다는 것이다. 그래서 자연적인 균형을 회복시키기 위해 저녁에 여기 창가에 앉아 회색다람쥐가 나무 위를 지나다니는 걸 보면 총으로 쏜다고 했다.

그는 "매번 좀 꺼려지는 마음을 억눌러야 해."라고 말하며 창밖을 뚫어져라 바라보았다.

그는 식탁 의자 둘을 창 쪽으로 옮기고, 우리의 외투를 가져왔다. 우리는 한동안 나란히 앉아, 창턱에 발을 올린 채 밤 풍경을 바라다보았다. 다람쥐도 회색다람쥐도 보이지 않았다. 어느 쪽이든 내겐 모두 회색으로 보였을 테지만, 트리스탄을 실망시키고 싶지 않아 그런 말은 입에 올리지 않았다.

트리스탄이 권총의 실린더 부분을 열고 탄환을 꺼내 내게 건넸다. 탄환이 손안에 쏙 들어왔다. 서늘한 느낌이 났다. 앞쪽은 매끈하고 뒤쪽에는 홈이 패인 게 손톱으로 만져졌다.

"기념으로 가져." 트리스탄이 말했다.

"고마워요."

"뭐 물어봐도 돼?"

나는 고개를 끄덕였다.

"여기 베를린에서 대체 뭘 찾고 있어? 내 말은, 지금 전쟁 중이잖아. 다른 곳으로 여행가도 되었을 텐데, 왜 하필 이곳을. 대체 뭘 보러 온 거야?"

"말하면 유치해요."

트리스탄이 소리 내어 웃었다. 바람이 밤나무 가지를 스쳐 지나갔다.

"본래 삶 자체가 유치하지."

"진실요." 내가 말했다.

"그래, 현실(독일어 Wahrheit는 진실 외에 현실, 실제라는 뜻을
모두 포함한다—옮긴이). 그밖에 뭐가 있겠어?"

"아니, 내 말은, 진실을 찾고 있다고요."

그는 웃음을 멈추었다.

"멋지군." 그는 내 손을 잡더니 꽉 쥐었다. 다른 손으로
는 무기를 쥐고 있었다.

"그럼 당신은?" 내가 물었다.

"나? 내가 뭘 찾냐고?"

"아니, 사람을 쏘아본 적 있냐고요."

트리스탄은 자신의 손에 들린 권총을 내려다보았다. 창
밖 나무에서 뭔가가 바스락거렸다. 나는 그 소리를 못 들은
체 했다. 트리스탄이 말했다. "화약 냄새는 정말 멋지지."

그렇게 말하고 그는 웃었다.

새 친구와 멋진 밤을 보낼 수 있었으련만. 슈프레 숲 오
이로 만든 피클을 먹고 속쓰림이 찾아오는 바람에 나는 일
찍 일어났다. 택시를 잡아타고 호텔로 갔다. 난 이런 친구
를 원했었다. 오른손잡이인 내가 왜 펜싱 검을 왼손으로

잡았을까? 그것이 거짓된 행동이었을까 생각했다.

••

3. 사례: 페르버 부인과 아이

증인: 1. 카헬 부인, 2. 엘리 레프코빅츠

유대인들을 색출하러 다니는 베렌트와 레베크는 아론 프르치보치크의 집에서 페르버 부인과 아이를 체포했다. 아론 프르치보치크는 이미 그 전에 이송된 상태였다. 증인들은 그로세 함부르거 가에서 페르버 부인을 만났고, 페르버 부인과 함께 아우슈비츠로 이송되었다. 페르버 부인이 가스실로 들어갈 때 카헬 부인도 그 자리에 있었다. 카헬 부인은 페르버 부인이 체포되는 자리에는 피고가 없었지만, 피고가 프르치보치크의 집에 불법 거주하는 유대인들이 있다는 정보를 입수했다고 증언한다.

B1. I/2

B1. I/158-159

B1. I/158

1942년 3월. 베를린 우파 팔라스트Ufa Palast에서 영화 〈Der grosse koenig〉The great king가 초연된다. 로열 에어포스의 폭격으로 뤼벡이 불에 탄다. 바르샤바의 게토(유대인 격리구역)에서 마르셀 라이히라는 젊은 음악평론가(훗날 독일의 유명한 문학 평론가가 된 마르셀 라이히라니츠키)가 게토 신문 〈Gazeta Zydowka〉에 평론을 기고한다. 요제프 괴벨스 박사의 나치 십계명 중 세 번째 계명은 이것이다. "가장 가난한 사람에 이르기까지 국민 한 사람 한 사람은 독일의 일부다. 그를 너 자신처럼 사랑하라." 샤를 드골이 이끄는 프랑스 부대가 이탈리아 식민지 리비아로 진격한다. 정부는 독일의 철도를 전쟁에 필요한 운송에 투입하기 위해, 이유 없이 사사롭게 기차 여행을 하는 것에 막중한 벌금을 부과할 것이라고 엄포를 놓는다. 라인하르트 하이드리히는 유대인은 종이로 된 하얀 별을 붙여 자신의 집을 표시하라고 지시한다. 뮌헨의 알마이다 궁전Palais Almeida에서는 화가 알프레드 쿠빈(체코 태생의 오스트리아 화가)의 작품 전시회가 열린다. 괴벨스는 독일의 극장들에서 게르하르트 하우프트만의 〈직조공들〉을 상연하는 걸 금지한다. 독일 패션이 프랑스 패션보다 더 앞서야 한다는 기치 아래 제3제국에서 패션 분야에 종사하는 모든 사람은 제국조형예술부Reichskammer der bildenden Kuenste에 의무적으로 가입할 것을 종용당한다. 독일의 기업가이자 엔지니어이자 발명가인 로베르트 보쉬가 슈투트가르트에서 귀 염증 후유증으로 사망한다. 사망하기 전에 보쉬는 국방군과 계약을 맺어 납품할 제품을 보쉬 공장에서 조립하는 일에 강제노동자들을 마음껏 동원한다.

2월 중순에 이스탄불에서 편지가 왔다. 편지에서 아빠는 내게 언제 베를린을 떠날 거냐고 물으며 자신이 수피즘Sufism에 점점 친숙해지고 있다고 썼다. 뒷면에 '슐렉스, 1939'라고 적힌 사진이 하나 동봉되어 있었다. 미노리텐 수도원 뒤편, 내가 좋아하는 호수의 모습이 담긴 사진이었다. 아버지는 내게 나치들을 어떻게 참아내고 있냐고도 물었다. 나는 코냑 반병을 마셨다.

33. 사례: 골드슈타인 또는 골드베르크
증인: 해리 아스칸사스

증인인 해리 아스칸사스는 7월, 정치범으로 구금되어 있다가 석

방되었고 바이센제에 소재한 페르슈너 회사에 취직했다. 피고는 회사 출입문에 서서 공장 소유주인 페르슈너를 호출했고 이어 유대인 피고용인 한 명에게 함께 가 줄 것을 요청했다. 페르슈너는 증인에게 피고가 '야고프'라는 이름의 비밀경찰 신분증을 제시했다고 말했다. 끌려간 유대인의 운명은 알려지지 않았다.

B1. I/40, 165

•   •

이튿날 아침 무슨 소리가 나길래 호텔 룸메이드가 오는 줄 알았다. 룸메이드는 매일같이 욕실 수건을 교체하러 오는데, 이 날은 유독 빠르다 싶었다. 얼른 이불을 덮고 문 반대쪽으로 드러눕는데 침이 마르고 혀가 입천장에 달라붙었다.

"여기 좋네."

얼굴을 돌려보니 크리스틴이 발을 모은 채 문 앞에 서 있었다. 아주 긴 장화를 신고 티롤 모자를 비스듬히 쓰고 있었다. 그녀는 방에 들어와서 책장의 책들을 훑어보았다.

"《영원한 평화를 위해》. 이건 처음 보는 책인데." 그녀는 그렇게 말하며 책장에 꽂힌 책의 등을 어루만졌다.

크리스틴은 신발과 양말을 벗으며 이렇게 말했다. "그냥 말해주는 게 낫겠다. 나는 늘 양말을 벗어야 해. 그렇지 않으면 갇힌 기분이 들거든."

그러고는 방을 겅중겅중 가로질러 창 커튼을 젖히고는 창문을 열었다. 나는 옷을 입지 않은 상태였다.

"우리 뭘 할까?" 크리스틴이 물었다. 그녀는 침대 발치에 앉았다.

"미스 크리스틴⋯."

"크리스틴이라 불러."

"크리스틴⋯. 저⋯, 부탁인데 잠시 몸을 돌려주세요."

그녀의 얼굴에 미소가 떠올랐다. "이렇게?"

그녀는 창 쪽으로 가더니 손가락 끝을 창에 올리고 밖을 내다보았다.

"보지 않을게." 크리스틴이 말했다. 목소리로 보아 이런 상황을 즐기는 듯했다. 나는 성큼성큼 걸어 욕실로 갔다. 닫힌 문을 통해 그녀가 소리 내어 웃는 소리가 들렸다.

차가운 물로 세수를 하고는 약간의 치약을 씹으며 급히 목욕가운을 걸쳤다. 그녀가 호텔 직원을 거치지 않고 어떻게 내 방으로 왔는지 궁금했다.

욕실에서 나왔을 때 크리스틴은 이젤 앞에 서서 내가 연습한 그림을 보고 있었다. 창턱에 엉덩이를 기댄 채 은박지를 벗겨 초콜릿을 꺼냈다.

"겨울정원Wintergarten의 바리에테Variete에 가도 되고, 아니면 포츠담 광장의 하우스 파터란트Haus Vaterland에 가도 돼. 멜로디 클럽은 언제나 되고. 혹시 볼링거 알아?"

그녀는 커튼을 쳤다. "흠, 이곳에선 아직 원두커피를 마실 수 있을 것 같은데."

나는 리셉션에 전화를 걸어 아침식사를 방으로 가져오라고 했다. 평소 나는 아침에는 식사 대신 두 잔의 차만 마셨다. 하지만 이 날에는 크리스틴이 옆에 있었기에, 호텔 직원에게 가져올 수 있는 모든 걸 가져와 달라고 부탁했다.

1942년에 독일의 모든 성인은 매달 제한된 식량과 비누, 옷, 석탄을 배급받았다. 4파운드의 빵(주당), 300그램의 고기, 280그램의 설탕, 206그램의 지방, 110그램의 마멀레이드, 치커리나 맥아로 만든 8분의 1파운드의 커피 대용품이 그것이었다. 호텔의 웨이터들은 식량 배급권을 자르기 위한 용도로 작은 가위를 목걸이에 걸고 다녔다. 그러나 손님들은 배급표 없이도 먹을 수 있었다. 가격을 지불하면, 리셉션 매니저가 암시장에서 식료품을 조달했다. 나는 음식은 관심 없고, 크리스틴에게만 관심이 있었다.

두 명의 직원이 의자와 테이블을 방으로 들고 와 빳빳하게 풀 먹인 테이블보를 깔았다. 그리고 테이블 위에 따뜻한 헤페초프(꽈배기 모양 빵), 로즈힙(장미 열매) 마멀레이드, 차가운 고기, 치즈, 사과가 담긴 바구니를 차렸다. 음식들을 바라보는 크리스틴의 얼굴에 미소가 떠올랐다. 종업원들은 테이블 옆에 얼음과 샴페인 한 병이 담긴 통을 세워놓았다. 나는 보기만 해도 속이 안 좋았다. 크리스틴은 샴페인 두 잔을 마신 뒤 식사를 시작했다. 빵에 버터를 두껍게 바르고는, 반숙과 완숙 중간 정도로 익힌 계란에 소금을 뿌리고 버터를 발라 먹었다.

"맙소사." 그녀가 말했다.

나는 차를 마셨다.

"솔직히 말하자면, 원두커피가 어떤 맛인지 깡그리 잊어버리고 있었어." 크리스틴은 찻잔을 자신의 다리 위에 올려놓았다.

그녀의 태도로 볼 때 소박한 가정 출신인 듯했다. 찻잔을 받침 위에 놓지 않고 무릎에 올려놓는다든가 잔 가장자리까지 술을 따른다면, 나는 엄마에게 라탄 털이개로 맞았을 것이다.

크리스틴은 마시고 웃고 이야기했다. 곧 새 노래를 부르려고 한다며, 여름에는 나와 함께 란트베어 운하 Landwehrkanal에서 수영하고 싶다고 했다. 그녀의 이야기를 듣는 게 즐거웠다.

그녀는 커피를 오렌지 주스 컵에 따라 마셨고, 구운 고기를 빵에 올려 먹었으며, 샴페인을 병째 들이켰다.

45분 뒤 그녀는 드디어 양손을 배에 올렸다. 나는 지금 껏 그렇게 많이 먹는 여자를 본 적이 없었다. 우리 집의 가정부 아줌마도 이 정도로 많이 먹지는 않았다.

"이제 자야지." 그녀가 말했다. 혼자 샴페인 한 병을 다 마셨고 테이블은 침대 바로 옆에 있었다. 그녀는 흐트러진 이불 위로 벌렁 엎드렸다.

그러고는 내가 침대 옆에 쌓아둔 책들 중 소설 하나를 집더니 중간을 펴서 읽기 시작했다. 그녀는 한동안 책을 읽었다. 나는 그녀를 바라보면서, 그녀를 그냥 조용히 내버려두는 게 좋을까 생각했다.

"한 병 더 가져올까?" 그녀가 그렇게 물으며 샴페인이 들어 있는 통을 가리켰다. 이날까지 내 방이 정말 휑했구나 하는 생각이 들었다.

나는 얼른 옷을 입었다. 1층 바로 내려가니 바텐더가 언제나처럼 예의바른 동시에 형식적인 미소로 나를 맞아주었다. 그는 '뚱보 프란츠'라 불렸는데, 끝이 말려 올라간 콧수염에 몸매는 날씬했다.

호텔에서 일하는 모든 사람이 이 날 아침 한 여자가 내 방에 왔다는 사실을 아는 것처럼 보였다. 나는 샴페인 한 병을 주문했다. 내 방에서 그냥 전화로 주문할 수도 있었을 텐데. 하지만 나는 그 생각이 나지 않을 정도로 흥분해 있었다.

뚱보 프란츠가 허리를 굽혔고 유리 부딪히는 소리가 들렸다. 잠시 후 그는 샴페인 한 병을 바에 올려놓았다. 라벨에 물방울이 송글송글 맺혀 있었다. 바텐더는 미소를 지으며 손바닥으로 두 번 코르크 마개 위를 두드렸다. "뭐 꼭 레드캡일 필요는 없지요." 그는 그렇게 말하며 마른행주로 와인 잔들을 윤이 나게 닦았다. 그가 나지막이 속삭였다. "조심하세요."

나는 가만히 서 있었다.

"탄산요." 그가 덧붙였다. "조심하세요. 탄산은 어떤 사람에겐 맞지 않아요."

내 방의 양문형 도어가 살짝 열려 있었다. 그걸 생각하면 맨 먼저 빛이 떠오른다. 베를린의 빛은 강하고 차가울 때가 많다. 봄이 되기 전 며칠 동안만 이 날과 같은 따스한 빛이었다. 내가 그렇게 기억하려는 것인지도 모르겠다.

방에 들어서자 원피스와 프릴 달린 속옷이 침대 위에 놓여 있는 게 눈에 들어왔다. 창가 쪽으로 눈을 돌리니 크리스틴이 창가의 이젤 앞에 놓인 소파 등받이에 앉아 있었다. 게슴츠레 뜬 눈으로 손에 사과를 든 채로. 문이 소리 없이 닫혔다.

"너랑 자지 않을 거야." 크리스틴이 말했다.

그녀는 소리 내어 숨을 들이마셨다.

"학교에서 늘 달리기에는 일등이었어. 그래서 난 허벅지가 아주 튼튼해."

내 가슴이 심하게 쿵쾅거려서, 십중팔구 그 소리가 그녀에게까지 들렸으리라.

"한 번 더 해볼래?" 그녀가 물었다.

"…뭘?"

"사과 그리는 거."

그녀는 자신이 발가벗고 있는 것에 내가 어떤 반응을 보이는지 잠시 관찰했다.

"이리 와." 그녀가 말했다.

나는 그녀의 입을 보며 다가갔다. 소파 등받이 가장자리에 걸터앉아 있었으므로 그녀가 나보다 더 컸다. 그녀가한 손을 내 목에 올리고는 나를 끌어당겼다.

"넌 순진해." 그녀가 말했다.

그녀는 내 얼굴에 이마를 문지르기 시작했다. 그녀에게서 신선한 빵의 효모 냄새가 났다. 그녀는 샴페인 병을 들어 허벅지 위에 올리고는 천천히 고정된 철사를 풀어 코르크 마개를 날려 버렸다. 거품이 소파의 쿠션으로 떨어져자국을 남겼다.

그녀가 내 손을 어루만졌다.

"나랑 있을 땐 이렇게 주먹을 꽉 쥐지 않아도 돼." 그녀는 그렇게 말하며 내 손가락을 폈다.

그녀가 나를 안아주기를 바랐다. 그리고 그녀가 그렇게했을 때 참 좋았다.

"나를 핑크트헨('작은 점'이라는 뜻)이라 불러줄래? 나는그 말이 좋아."

나는 이 여자에게 저항하지 못했다. 그녀는 숨을 몰아쉬며 내 손을 잡아끌었다. 그녀는 따뜻하고 부드러웠다.

"핑크트헨." 내가 불렀다.

햇살이 창을 통과해 내 피부를 비추었다.

●●

37. 폰 드레비츠-레벤슈타인

증인: 요제프 폰 드레비츠-레벤슈타인

증인 요제프 폰 드레비츠-레벤슈타인이 요아힘탈러 가에 있는 음식점 '아싱거'에서 나왔을 때, 롤프 이작스존이 나타나 말을 걸었다. "잠깐, 이제 찾았군. 14일간이나 당신을 찾고 있었어." 피고와 이작스존은 증인을 체포했고, (베를린의) 동물원 역으로 데려가 S반S-Bahn을 태워 그로세 함부르거 가의 수용소로 보냈다. 증인은 며칠 뒤 테레지엔슈타트로 이송되었고, 전쟁이 끝날 때까지 그곳에 구금되어 있었다.

Bl. I/44, 186A

1942년 4월. 베를린의 한 도축업자는 밀도살로 인해 교수형을 선고받는다. 독일 여성들은 군수공장에 강제 동원되어 일을 한다. 로저 채프먼이 태어난다. 베니토 무솔리니는 오버잘츠베르크(독일 바이에른주에 위치한 산)로 아돌프 히틀러를 방문한다. 요제프 괴벨스는 유행가 '릴리 마를린Lili Marleen'을 금지한다. 그 유행가를 부른 가수 랄레 안데르센Lale Andersen(본명은 리제-로테 헬레네 베르타 빌케)이 스위스의 유대인들과 친한 것으로 드러났기 때문이다. 헤르만 괴링은 4개년 계획의 책임자로서 공공기관의 주당 근무시간을 56시간으로 상향 조정한다. 요제프 괴벨스 박사의 나치 십계명 중 네 번째 계명은 다음과 같다. "너는 삼가 의무를 다하라. 그리하면 독일이 권리를 얻을 수 있으리라." 독일점령군의 공격 후 파리의 온 극장과 영화관이 3일간 문을 닫는다. 러시아에서는 눈이 녹고, 아울러 교전은 계속 중단 상태에 놓인다. 벨라루스의 민스크에서는 군대 차량 수리공장의 건축이 시작되며, 그 운영은 다임러 벤츠가 맡는다. 제3제국에서 유대인의 공공교통 이용이 금지된다. 러시아의 독일군은 보급품을 거의 받지 못한다. 베스트팔렌의 유대인 800명이 아른스베르크로부터 강제이송된다. 제국의회는 회의에서 '최고 지휘관' 아돌프 히틀러에게 전적인 결정의 자유를 부여한다.

바로 이 날부터 나는 크리스틴과 함께 시간을 보냈다. 크리스틴은 매일 아침 전차를 타고 왔다. 우리는 암시장에서 가져온 먹거리로 식사를 했고 호텔의 격자 창을 통해 베를린을 관찰했다.

크리스틴은 술을 많이 마셨다. 아침에도 그랬다. 그러나 알코올은 엄마에게서도 그랬듯이 그녀를 변화시키지 않았다. 초콜릿을 세 개 이상 먹은 날이면 그녀는 때로 밤에 내 옷장을 다 비우고 다시 정리해 넣었다. 모든 옷을 자기 방식대로 개었다. 옷깃을 안쪽으로 넣고 소매 부분을 가슴 부분 위로 접었다.

그녀는 내가 더 커다란 방으로 옮겨 가기를 원했다. 그래서 나는 한층 위의 스위트룸으로 옮겼다. 거실이 딸려 있고, 구리 재질로 된 욕조가 놓인 방이었다. 크리스틴은 "어머나!"라며 탄성을 질렀다.

호텔계산서는 이전처럼 아버지 앞으로 보냈다. 나는 아버지에게 베를린에 좀 더 머무르려 한다고 편지를 썼다. 독일 사람들이랑 어떻게 지내는지를 묻는 것에는 답하지 않았다.

방이 커서 마룻바닥을 걸어 다니는 내 발소리가 울렸다.

크리스틴은 호텔 직원들에게 자신이 나의 약혼자라고 말하고 다녔다. 나는 별로 개의치 않았다. 외팔 엘리베이터맨은 "젊은 커플에게 진심 어린 하일 히틀러를!"이라고 인사했다. 크리스틴은 구리 욕조를 좋아했다. 욕조에 누워 병째 술을 마셨다. 그녀는 뜨거운 물을 추가로 틀어야 할 정도로 목욕을 오래 했으며, 내 책장에 있는 책들을 읽었고, 헤밍웨이의 금지된 소설들을 구해달라고 부탁했다.

그녀가 거품 목욕을 하다가 나오면 작은 발의 피부가 쭈글거렸고, 온몸에서 비누 맛이 났다. 나는 그녀의 젖은 몸을 수건으로 닦아주는 것이 즐거웠다. 이 시기 그녀의 기침은 잦아들었고, 내 그림은 더 정확해졌다.

크리스틴은 내 셔츠 사이에 쪽지를 숨겼다. 작은 글씨로 쪽지를 썼다.

내 베개 아래에는 이런 쪽지가 있었다. *'너한테서 좋은 냄새가 나.'*

어느 날은 내가 혼자서 호텔을 나서려고 하는데 리셉션 매니저가 부르더니 접힌 쪽지를 주었다. *'오늘 저녁에 내게 잘해줄래?'*라는 문장이 적혀 있었다.

오른쪽 구두에서 꺼낸 쪽지에는 *'난 네가 자랑스러워, 프리츠.'*라고 되어 있었다.

그녀가 오버한다고 생각했지만, 쪽지를 읽을 때마다 즐거웠다.

"네 호숫가 저택에 날 데려가 줄래?" 크리스틴은 종종 그렇게 물었고, 내가 집에서 조금 걸어가야 호수가 나온다고 말할 때는 들은 체 만 체 했다.

"중요한 건 호수가 있다는 사실이야."라면서.

그녀와 함께 고향에 간다는 생각을 하니 설레었다.

"너의 호수 저택에 날 데리고 갈래?"

"나중에."

"약속했다."

그녀는 자신의 모습이 유화로 그려지는 걸 가장 좋아한다고 말했고("그림에서 좋은 냄새가 나") 앞으로 가수로 활동하고 싶다고 했다("솔직히 말해 언젠가 무수한 글라디올러스가 내게 쏟아졌으면 좋겠어"). 숙취를 어떻게 해결하는지도 알려주고 ("내 비밀 레시피는 바로 청어꼬치야"), 자신의 아버지가 잠옷 위에 가운만 걸친 채 피아노를 치는 모습이 얼마나 귀여운지를 이야기했다. 어머니는 세상에서 팬케이크를 가장 잘 굽는다고 했다. 내가 아무 말도 하지 않고 있어도 전혀 거슬리지 않는 듯했다.

그녀는 콘돔을 둥근 통에 담아 호텔로 가져왔고, 빈 통들을 창틀에 쌓아놓고는 룸메이드에게 치우지 말라고 말했다.

그녀는 미술학교에서 들은 조언들을 내게 전달하는 걸 즐거워했다. "네거티브 스페이스negative space에 집중해봐. 그리고 대상을 형태의 구성으로 봐야 해. 알겠어?"

사과 주변에는 네거티브 스페이스가 거의 없었지만 그녀는 상관하지 않았다.

나는 그녀에게 그 많은 초콜릿을 대체 어디서 나는 거냐고, 가격이 얼마나 되느냐고 물었다. 그녀는 "넌 너무 호기심이 많아."라고 답했다.

그녀는 내 방에서 자고 가지는 않았다. 어디에서 사느냐고 물으니, 집게손가락을 치켜들며 밤에 집에 들어가지 않으면 엄마가 걱정한다고 대꾸했다.

나는 어찌 그리도 바보 같았을까?

하지만 그건 과거를 돌아볼 때면 누구든 하게 되는 질문이 아닐까? 어느 날 밤 나는 그녀를 미행했다. 그녀가 방을 나서고 나서 잠시 기다렸다가 그녀를 따라갔다. 정부청사가 있는 구역에서 그녀는 잰걸음으로 서쪽으로 걸어갔고, 도중에 만나는 모든 보안경찰관에게 말을 걸었다. 금발 머리를 길게 늘어뜨린 그녀에게 어떤 경찰관도 신분증을 요구하지 않았다. 동물원에서 그녀는 걸음을 재촉하다가 이내 달리기 시작했다. 이유를 알 수가 없었다. 나도 그녀를 따라 달렸다. 몇 분 동안 그렇게 쫓아갔으나 숨이 가빠서 더 이상 따라잡지 못했다. 그녀의 윤곽이 나무들 사이로 사라지는 모습을 바라보았다.

어느 날 머리를 내 배 위에 올린 채로 크리스틴은 물었다. "가장 좋아하는 색깔이 뭐야?"

"무슨 말이야?"

"가장 좋아하는 색깔 말이야, 클라이너."

"없어."

"좋아하는 색깔이 없어?"

"난 색맹이야."

그녀는 옆으로 돌아누웠다.

"미안해." 내가 말했다.

"내가 미안하네. 안됐다. 적록 색맹이야?"

나는 그녀를 바라보지 않은 채 마부 이야기를 들려주었고 크리스틴은 내 머리칼을 어루만졌다. 나는 그녀의 눈썹 사이 작은 주름을 보았다. 그녀가 곰곰이 생각할 때 생기는 주름.

"안 좋은 일일까?" 내가 물었다.

"내가 네게 색깔을 되돌려 줄까?"

"어머니는 '최소한 빨강만이라도'라고 늘 말했어."

"빨강 말고. 빨강은 지루해." 그녀는 일어나 앉았다. "연녹색이 좋아. 물론."

우리는 손을 잡고 동물원에 갔다. 그녀는 나를 이끌어 어린 너도밤나무 앞에 섰다.

"자, 해보자!" 그녀가 그렇게 말하고는 내 손을 잡고 집게손가락과 엄지손가락 사이에 나뭇잎 하나를 끼웠다. "연녹색. 갓 깨어난 아침처럼."

"넌 늘 멋진 표현을 찾아내는 것 같아." 나는 감동해서 말했다.

그러자 그녀는 "거짓말쟁이."라고 대꾸하면서 내 목 부분

머리칼을 잡고는 자신의 얼굴을 내 얼굴에 갖다 대었다.

그 날 나는 크리스틴에게 라일락 꽃꿀을 호로록 빨아먹는 법을 보여주었다. 그녀는 내가 무슨 생각을 할 때 아랫입술을 뾰족 내미는 것이 귀엽다고 말했다.

우리는 공원의 표지판 아래서 키스를 했다. 표지판에는 이렇게 쓰여 있었다. '*시민들은 공공시설을 보호해야 합니다. 강아지는 목줄을 착용하십시오*' 그 밑에 더 작은 글씨로 이렇게 적혀 있었다. '*노란 벤치들은 독일 공민법에 의거하여 유대인의 이용이 허가됩니다.*' 벤치는 모두 회색이었다.

"내 눈은 파란색이야. 알아볼 수 있어?" 그녀가 물었다.

"초록색인가 했는데." 내가 대답했다.

● ●

5. 사례: 레겐스부르거

　　증인: 파울 레겐스부르거

피고는 쿠어퓌르스텐담(요하임스탈 가 언덕의)에서 증인 파울 레겐스부르거에게 말을 걸어, 먹을 게 거의 없고 옷도 구할 수가 없다며 탄식했다. 그녀가 수용소에 체류하고 있음을 몰랐던 레겐스부르거는 그녀가 불법 거주하고 있다고 여겼고, 그녀의 제안으로 둘은 '클라우스너' 식당에 들어갔다. 피고는 전화를 한 통 하고 오겠다며 증인을 떠났다. 피고가 다시 테이블로 돌아왔을 때 레겐스부르거는 반어적으로 "아, 남자친구에게 전화를 한 겁니까?"라고 물었다. 그러자 피고는 "아뇨, 이번엔 아니에요."라고 대답했다. 10분 정도 지나서 피고는 다시금 일어서서 테이블을 떠났고, 갑자기 비밀경찰 몇 명이 ─그 중에는 수용소장 도베르케도 있었다─ 테이블로 왔다. 레겐스부르거는 그로스함부르거 가의 수용소로 이송되었다. 그 뒤 아우슈비츠로 이송되는 과정에서 화물차를 타고 가던 중 탈출에 성공했다.

B1.I/10, 217-218

봄이 왔고, 나는 미술학교에 더 자주 갔다. 학생들은 더 적어졌다.

"모두 어디 갔어요?" 나는 안경알이 더러운 사무실 여직원에게 물었다.

"리스본에서 출발하는 페리를 탔어요."

"어디로 가는데요?"

"지금 농담하시는 건가요?"

"아뇨."

"안전한 곳을 찾아 떠나지 어딜 갔겠어요."

"당신도 무섭나요?"

여직원은 코웃음을 쳤다.

"무서움, 무서움, 전쟁, 평화. 늘 최종적인 승리, 전쟁, 유대인, 이반(러시아 사람 전체를 칭하는 말), 승리 이야기뿐이죠. 하지만 쓸데없어요. 차라리 언제 다시 빨랫비누(순수비누)를 살 수 있을지 이야기하는 쪽이 나을 거예요."

나와 크리스틴과 트리스탄. 우리는 셋이서 공원에 갔다. 깔개 위에 앉아서 누가(견과류가 든 프랑스 과자)를 먹었다. 트리스탄은 하얀 종이 상자에서 누가를 꺼내며 작은 소리로 말했다. "몽텔리마르 거야."

옆의 깔개에 있던 꽃무늬 원피스를 입은 지적 장애 소녀 하나가 웃으면서 우리에게로 뛰어왔다. 트리스탄은 손짓해서 아이를 부르더니 누가를 한 조각 입에 넣어주고는 이마에 뽀뽀를 했다. 그는 소녀를 꽤 오래 안고 있었다. 그리고는 소녀가 다시 뛰어가 버리자 "난 가끔 다운증후군 아이가 부러워."라고 했다.

돌아오는 길에 크리스틴, 트리스탄과 나는 서로 손을 잡았다.

"하일 히틀러헨(히틀러를 친근하게 부르는 말)." 트리스탄은 보안경찰이 지나갈 때면 그렇게 인사했다. 우리는 이런 민족, 이런 전쟁을 실컷 비웃었다. 가구운반차는 보이지 않았다.

우리는 셋이서 멜로디 클럽에 갔다. 트리스탄은 길에서 마주치는 모든 군인에게 인사를 했고, 때로는 내게 윙크를 했다. 내게 주근깨 웨이트리스를 소개하고는, 몇몇 댄스 스텝을 선보였다.

한번은 트리스탄이 자전거를 타고 호텔로 왔다. 하나는 본인이 타고 하나는 끌고서. 사비니 광장에서부터 호텔까지 끌고 온 것이다. 나를 보더니 "해가 중천에 떴네. 사면 발니는 옷 솔기를 따라 기어가네."라는 말로 인사를 했다. 그는 내게 가운데에 바가 있는 자전거를 주고 자신은 여성용 자전거를 탔다.

"무크는 뛰어야 해." 그가 말했다. "그레이하운드는 뛰게끔 만들어졌거든."

트리스탄의 개 무크는 우리 옆에서 신나게 달렸다. 귀가 펄럭였다. 트리스탄은 핸들에서 손을 떼고는 작게 소리내어 웃었다. 그리고 큰 소리로 노래를 불렀다.

돌격대원이 발포하러 갈 때

아이, 그는 기분이 좋다네

봄 햇살로 인해 우리의 뺨이 따뜻했다. 트리스탄은 나를 바라다보며 웃었다.

"길 조심해요." 내가 말했다.

"뭔 일이 있겠어?" 그가 바람을 가르며 외쳤다.

트리스탄은 저녁에 나를 호텔까지 데려다주었다. 얼싸 안고 인사를 하며 트리스탄은 이렇게 말했다. "개들은 달려야 해. 그것이 개들의 본성이야. 알겠어? 달려야 하지. 달리지 않으면 죽어."

나는 개의 귀를 쓰다듬었다. 이제 개가 무섭지 않았다.

"착한 그레이하운드." 내가 말했다.

트리스탄은 잠시 멈칫하다가 이내 밝고 순수하게 웃었다. 성인 남자의 웃음이라기보다는 아이의 웃음소리에 가까웠다. 그가 내 어깨를 잡았다.

"정말로 그렇게 생각하는 건지 잘 모르겠군." 그는 내게 손을 내밀었다.

"친구들?"

"친구들."이라고 대답하며 그는 나와 악수를 했다.

트리스탄은 크리스틴과 나를 반제(베를린 근교의 호수)의 슈바넨베르더(호수에 위치한 작은 섬)에서 열리는 가든파티에 초대했다. 정부 부처에서 주관하는 파티였다.

"노루가 있어, 올래?"

나는 나치 정부가 주관하는 파티에 가고 싶지 않았다. 어째서 트리스탄이 그곳에 손님들을 초대할 수 있는 건지 나는 혼자서 자문했다.

"난 모르겠어요. 트리스탄." 나는 머뭇거리며 말했다.

트리스탄은 크리스틴을 바라보았다. "넌?"

그녀는 가슴을 내 팔뚝에 밀착시키며 말했다. "아이, 프리드리히. 같이 가자."

트리스탄이 내게 윙크를 했다.

나는 선물로 무얼 가져가냐고 물었다. 트리스탄은 선전계몽부에서는 아무도 선물을 원하지 않는다고 말했다.

파티를 위해 나는 슐렉스에 기별해 턱시도를 보내달라고 했다. 가정부 아줌마와 몇몇 정원사가 아직 그곳 저택에 살고 있었다. 전화 통화를 할 때 아줌마는 그렇지 않아도 턱시도 없이 저녁에 어떻게 나다닐까 의아했다고 말했다.

크리스틴은 짙은색 실크 드레스를 입어보았다. 그녀의 피부색에는 약간 어두운 색상이라는 생각이 들었다. 운터 덴 린덴 거리에 있는 작은 옷가게 쇼윈도에 걸려 있어서 지나다닐 때 이미 봐둔 옷이었다. 판매원 말로는 파리의 코코샤넬이 디자인한 옷이라고 했다.

"이 드레스 사줄래?" 쇼윈도 앞에서 크리스틴이 그렇게 물었다.

"그거 입으려고?"

그녀는 어깨를 으쓱했다.

"장난이야. 더 예쁜 거 있어."

가든파티 하루 전날 공습경보가 발령되었다. 사이렌 소리가 호텔 로비까지 들리지는 않아서, 공습경보가 있을 때는 호텔 보이가 징을 치며 복도를 뛰어다녔다. 그 소리는 죽을 때까지 잊지 못할 것이다.

공습경보가 내려지면 호텔의 모든 투숙객이 강철로 만든 지하 벙커로 내려가야 했다. 직원들은 난방실에 머물렀다. 호텔 측은 투숙객들을 위해 파리 광장 아래로 이어지는 수직갱도를 파고 광장 지하에 환기설비가 된 방을 마련했다. 호텔이 완전히 파괴되어도 환기 시스템이 작동한다고 했다.

지하 벙커에서 남자들은 카드놀이를 했고, 뚱보 프란츠는 레드와인과 초콜릿을 서빙했다. 의자 밑에는 방독면이 놓여 있었다. 크리스틴은 벙커에서 내 옆에 앉아 미소 지으며 와인을 마셨다. "이건 마치 시음 경보인 것 같아." 한번은 그곳 벙커에서 바이올리니스트가 연주를 했다.

가든파티 전날 이른 저녁에 징이 울렸을 때 크리스틴과 나는 침대 속에 있었다.

"징이다." 내가 동작을 멈추었다.

"아직 괜찮아." 크리스틴이 말했다.

"하지만 징 소리잖아." 나는 지하실 의자 밑의 방독면을 생각했다. 누군가 '국민방독면' 이야기를 했다.

"계속해." 크리스틴이 말했다.

우리는 침대에 머물렀고, 징 소리는 그쳤다. 가로등과 네온사인이 모두 꺼지고 집집마다 밝혔던 전등도 꺼졌다. 폭격기가 방향을 잡을 수 없도록, 베를린 전체가 칠흑 같은 어둠에 휩싸였다. 나는 일어나서 밖을 내다보았다. 거리는 텅 비어 있었다. 베를린은 깜깜했다.

"이제 어쩌지?" 내가 물었다. 창문을 통해 별이 보였다.

크리스틴은 나를 쳐다보며 웃었다. "자, 벙커로 가자."

우리는 옷을 입은 뒤 손을 잡고 계단을 내려갔다. 크리스틴이 외투를 가지고 나왔다는 것을 나는 나중에야 알았다. 지하로 가는 문은 잠겨 있었다. 나는 문고리를 잡고 흔들었다.

"또 다른 벙커를 알아." 크리스틴이 호텔 로비 쪽으로 내 손을 잡아 이끌었다.

정적에 잠긴 베를린이 우리 앞에 놓여 있었다. 크리스틴은 내 앞에서 종종걸음을 걸으며 뒤로 손을 내밀었다. 내 쪽을 쳐다보지 않은 채였다. 나는 크리스틴의 손을 꼭 잡았다. 크리스틴은 나보다 걸음이 빨라서 나를 끌다시피 했다. 그녀가 돌아보며 웃었다. 그렇게 몇 미터를 걷던 나는 우리가 벙커로 가지 않는다는 걸 알았다.

별이 빛나는 하늘을 올려다보았다.

"어디로 가는 거야?"

"산책."

"위험하잖아."

"상관없어."

프리드리히 가 모퉁이의 방공부대 진지를 지나는데, 샌드백 뒤에서 군인들이 웃는 소리가 들렸다. 그 소리를 들으니 안심이 되었다. 거리에는 우리 외에 아무도 없었다.

"저거 봐." 크리스틴이 말했다. 이틀 전에 입어보았던 짙은색 실크 드레스를 쇼윈도 마네킹이 입고 있는 모습이 어렴풋이 보였다. 크리스틴은 잠긴 옷가게 문손잡이를 비틀었다.

고향 집 정원에 헛간이 있었는데, 그 문손잡이가 단단히 조여 열리지 않은 적이 있었다. 그 때 우리 집 정원사 중 하나가 낫으로 문을 따는 법을 가르쳐 주었다.

"난 열 수 있는데." 내가 말했다.

"보여줘 봐."

그녀의 보조개가 옴폭 패는 것을 보면서 나는 그녀가 무슨 생각을 하는지 짐작했다. 그녀는 내가 자신을 위해 어떤 일이든 다 할 거라고 생각했다. 나는 호주머니에서 주머니칼을 꺼냈다. 크리스틴이 킥킥거렸다. 나는 소리 없이 칼날을 젖혀서 문틈에 밀어넣고는 단번에 가게 문을 열어젖혔다. 그러고는 옷을 가져다 크리스틴에게 주었다. 크리스틴은 드레스를 외투 주머니에 구겨 넣었다.

"어머나…, 고마워." 그녀가 말했다.

우리는 바이덴담 다리 위 난간에 앉았다.

"이 다리 위에서 폰타네가 약혼을 했어." 크리스틴이 말했다. 그러더니 잠시 후 "아, 근데 난 고소공포증이 심해."
라고 했다.

나는 셔츠의 단추를 푼 뒤 셔츠를 보도 위에 떨어뜨렸
다. 바지를 벗다가 균형을 잃고는 비틀비틀했다. 철제 다
리 난간이 내 허벅지에 서늘하게 와 닿았다. 나는 모자는
벗지 않은 채 몸을 회전시켜 뒤로 벌렁 누운 상태에서 수
면에 첨벙 떨어졌다. 크리스틴은 난간에 기대어 아래를 내
려다보았다. 물에서는 디젤 맛이 났다. 내가 모자를 입에
문 채 사다리를 통해 둑으로 기어 올라오자 크리스틴이 뛰
어와 자신의 외투로 내 몸을 닦아주었다.

"넌 정말 특별해." 그녀가 말했다. 나는 그 말이 정말 경
탄하는 소리였는지 비웃는 소리였는지 알지 못한다.

우리는 손을 맞잡고 호텔로 돌아갔다. 멋진 밤이었으므
로 천천히 걸었다. 간혹 나는 곁눈질로 크리스틴을 보았
다. 한번은 그녀도 나를 쳐다보는 게 보였다. 이 밤, 베를
린에는 공습이 없었다.

다음날 아침 나는 사환을 옷가게로 보내 익명으로 돈 봉
투를 전달했다.

파티가 있는 날, 크리스틴은 정오쯤 호텔로 와서 라벤더

오일을 넣어 목욕을 했다. 그러고는 머리를 바람으로 말리고, 화장대 거울 앞에 앉았다. 나는 화장을 하지 않았을 때의 그녀 모습이 더 아름답다고 생각했다. 아침에 씻지 않은 채 내게로 올 때 말이다.

그녀는 나를 밀쳐냈다.

"머리가 헝클어지면 안 돼."

그녀는 눈썹을 뽑고 볼연지를 바르고 아이라인을 그리고 밝은 색깔 립스틱을 칠했다. 그녀가 너무 화장을 진하게 한다고 생각했던 건 내가 욕조 가장자리에 앉아 그녀를 구경했기에, 그리고 당시 화장을 하는 게 미국적인 풍조로 약간 점잖지 못한 것이라 여겨졌기에 그랬을 것이다.

그녀는 머리를 쪽지어 올렸다.

크리스틴이 단장하는 데 오래 걸려서 파티에 늦을 것 같았지만, 상관이 없었다. 그 무렵 그녀는 《서부전선 이상 없다》를 읽고 있었다. 이 소설을 쓴 에리히 마리아 레마르크가 빌메르스도르프에서 자신의 이웃에 살았다고 몇 번이나 이야기했다. 그녀는 침대에 엎드린 채 소설을 읽었다.

"갈까, 핑크트헨?"

"이제 출발하자."

나는 문에 기대어 서서 크리스틴을 바라보았다. 그것만

으로 내겐 충분했다.

"나중에 연애편지 써줄래?" 소설을 읽던 그녀가 말했다.

"유치하지 않아?"

"전혀."

"하지만 그 책은 소설이지 연애편지가 아니잖아."

그녀는 나를 보지 않은 채 책장을 넘기며 대꾸했다. "모든 소설이 결국은 연애편지 아니겠어?"

"난 글솜씨가 그닥 좋지 않은데."

"하지만 넌 언젠가 나를 위한 책을 쓸 거 아냐?" 그녀가 물었다.

나는 더 이상 대꾸하지 않았다.

방을 나서기 전에 그녀는 내 향수병을 집어들었다. 아버지가 선물해준 향수였다. 월계수 향을 베이스로 럼주 향이 첨가된 향수였는데 나는 거의 사용하지 않았다. 크리스틴은 그 향수를 머리 위쪽으로 분사하고는 위를 올려다보았다.

"남성용인데." 내가 말했다.

"나에게 뿌리면 어차피 모든 향수가 달콤한 향으로 바뀌거든." 그녀는 엉덩이로 내게 기대며 말했다. "마차를 타고 가면 좋겠다."

"그러기엔 멀어."

"마차 타고 가는 게 멋져."

마차로는 거의 두 시간 거리였다. 크리스틴은 내 손을 잡았다. 손목의 맥동이 느껴졌다. 그녀는 내 바지의 장식 줄을 쓰다듬었다.

저택은 벽돌로 되어 있었고, 앞에는 사암 기둥들이 서 있었다. 진입로에는 자갈이 깔리고, 양쪽으로 늘어선 벚나무는 제철을 맞아 꽃이 만개했다. 크리스틴은 은박지에서 초콜릿을 두 개 꺼내 입에 넣고 우물거렸다. 그리고 빈 종이를 내게 내밀며 팔짱을 꼈다. 우리는 좁은 길을 따라 현관으로 걸어갔다.

"솔직히 말해서 약간 긴장되는걸." 그녀는 그렇게 속삭이며 "이 사이에 초콜릿 끼었어?" 하고 물었다.

많은 남자들이 제복 차림에 나치 완장을 차고 있었다.

트리스탄이 두 잔 가득 술을 담아서 우리에게로 왔다. 그는 크리스틴에게는 손 키스로, 내게는 포옹으로 인사를 했다. 테이퍼드 핏의 더블 턱시도를 입고 머리는 가르마를 타서 넘기고 있었다. 옷깃의 버튼 홀에는 번개 두 개가 합쳐진 모양(SS 모양의 나치 친위대 표시−옮긴이)의 핀을 꽂고 있었다. 내 친구 트리스탄 폰 아펜은 나치 친위대 소속이었던 거다. 파티장에는 폴카와 비슷한 음악이 연주되고 있었다.

크리스틴은 나를 끌고 저택 1층 공간을 가로질러 뷔페가 차려져 있는 곳으로 갔다. 슬라이스 완숙 계란에 송어 알을 올린 것과 얇게 저민 노루고기가 보였다. 전쟁 중이라는 사실을 잊어버릴 지경이었다.

크리스틴이 계란을 접시에 담아 테라스로 들고 가서는 벽에 기댄 채 손가락으로 먹었다. 크리스틴이 말했다. "남자들이 힐끔거려. 하지만 난 싫어. 난 이제 네 여자야."

"트리스탄이 나치 친위대 배지 단 거 봤어?"

"응."

나는 그녀를 쳐다보았다. 그녀는 손가락을 쪽쪽 빠는 중이었다.

"그래서?" 그녀가 되물었다.

호수 쪽으로 길 하나가 나고, 길 양 편으로 횃불이 늘어서 있었다. 나는 혼자 나가서 부두에 앉아 건너편 집들의 불빛을 바라보았다. 모든 불빛이 내게는 약속처럼 보였다. 나는 몸을 돌려 파티에 참가한 사람들을 멀리 바라보았다. 크리스틴은 저쪽에 혼자 서 있었다. 나는 그녀를 믿었다.

트리스탄이 길을 내려와 내 옆에 앉았다.

"기분이 어때?" 그가 물었다.

"난…."

"지루해?"

내가 고개를 끄덕였다.

"SS(나치 친위대)예요, 트리스탄?"

"상급돌격대 지도자. 가장 아름다운 제복을 입지." 그가 윙크했다.

"정말 그렇게 생각해요?" 내가 물었다.

"반쯤."

"그게 무슨 말이죠?"

"근데 너희들, 공식 커플이 되었어?"

"응. 근데 잠깐만. 트리스탄은 베니 굿맨하고 그 모든 걸 좋아하잖아요?"

그는 호수 건너를 바라다보았다.

"그런 걸 꼭 오늘 저녁에 이야기해야겠어?" 트리스탄이 낮은 소리로 내게 되물었다. 그리고 크게 말했다. "너희들 아기 낳을 거야? 크리스틴과 너 말이야. 난 나중에 다섯은 키울 건데."

그는 팔로 어깨동무를 했다.

"우리 크리스틴은 원래 어디서 일해?"

나는 그걸 알지 못했다.

"어디서 라틴어를 가르친대요. 트리스탄, 난…."

"라틴어? 크리스틴이?"

"나도 정확히는 몰라요."

"내가 크리스틴에게 일자리를 마련해줄까? 관청에서 타자 치는 일. 방금 한 기관장이랑 이야기했는데. 라틴어라…, 확실해?"

나는 내 친구 트리스탄이 나치 친위대원이 아니기를 바랐다. 나는 크리스틴이 정부 부처에서 일하는 걸 원하지 않았다. 나는 다만 우리 셋이 계속 춤추기를 원했다.

"아뇨." 내가 대답했다.

트리스탄이 미소를 지었다.

"근데 우리 애인님의 성은 뭐야?"

나는 어깨를 으쓱했다. 트리스탄은 눈썹을 치켜올렸다.

어디선가 외치는 소리에 우리는 대화를 멈췄다. 길 위쪽에 제복 차림의 키 작고 단단해 보이는 남자가 서 있었다.

"폰 아펜!" 그가 소리쳤다.

트리스탄은 빈 유리잔을 호수에 던지고는 돌아서서 가려고 했다.

"트리스탄." 내가 불렀다.

그가 뒤돌아보았다.

"왜?"

"나치 친위대에서 뭘 해요?"

"상급돌격대 지도자라니까."

"그게 뭐 하는 건데요?"

그가 다가오더니 손을 내 어깨 위에 올렸다. "다음번에, 친구야. 약속할게."

그는 내 이마에 키스를 하고는 빠른 걸음으로 성큼성큼 길을 올라갔다. 반쯤 갔을 때 위에서 그 남자가 다시 한번 외쳤다. "폰 아펜!" 트리스탄이 자기 쪽으로 가고 있다는 걸 한참 전에 봤는데도 말이다. 그 남자보다 머리 한 개는 더 큰 트리스탄은 남자 앞에 서서 거수경례를 했다. 자세 하나하나가 절도 있었다.

트리스탄이 물속에 던져버린 유리잔이 한순간 떠올랐다가 가라앉아 버렸다.

크리스틴은 아직도 벽에 몸을 기대고 서 있었다. 추위를 느끼기라도 하듯 두 팔을 몸 앞으로 교차시켜 손을 어깨에 놓은 상태였다. 물에서 한기가 올라왔다. 크리스틴 옆에 는 한 남자가 서 있었다. 맘 좋아 보이는 얼굴에 세련된 콧수염을 기른 그의 턱시도 허리 부분이 꽉 조였다. 그가 제복을 입지 않고 나치 완장도 달지 않았다는 점에서 마음이 좀 놓였다. 크리스틴은 나를 보자 미소를 지으며 손짓해 불렀다.

"정말 굉장해. 에른스트 히머 씨야." 크리스틴은 그 남자의 팔에 손가락을 댔다. 나는 고개를 꾸벅했다. 크리스틴이 내 손을 꽉 쥐었다.

"에른스트 히머, 유명한 어린이 책 작가야.《독버섯》이란 책 있잖아, 프리츠. 정말 멋진 책이었어."

나는 그 책을 알지 못했다. 히머의 악수는 따뜻하고 기분 좋았다.

웨이터가 들고 다니는 쟁반에서 크리스틴이 샴페인 두 잔을 집더니 그 중 한 잔을 단숨에 비웠다. 그러고는 내 팔을 자신의 목에 둘렀다.

"서문의 마지막 문장이 뭐였죠? 그 부분에서 늘 소름이 끼쳤는데 말이죠." 그녀가 말했다.

히머의 얼굴이 빨개졌다. 크리스틴은 노련했다. 히머는 크리스틴에게 단박에 친근감을 느꼈다.

"저를 당황케 하시는군요, 젊은 숙녀분. 제가 그 문장들을 정말로 암송해 드려야 할까요?" 히머가 물었다.

"네, 해주세요." 크리스틴이 대답했다. 그녀가 나를, 아니 내가 그녀를 꽉 잡고 있는 탓에 목소리가 잘 안 나왔다.

"당신의 부탁이니 한번 해보지요."

히머는 탄식조로 그렇게 말하며 나를 바라보고는 심호흡을 했다. 약간 꺼려지는 것처럼 보였다. 하지만 그는 전형적인 낭송자의 목소리로 단어들 사이에 충분한 여유를 두어가며 문장을 들려주기 시작했다. 그는 서문을 다 외우고 있었다.

"독일인들은 독버섯을 알아채는 법을 배워야 합니다. 유대인이 독일민족과 전 세계에 끼치는 해악을 깨달아야 합니다. 유대인 문제가 우리 모두의 문제라는 점을 알아야 합니다. 이 책의 이야기들은 우리에게 유대 독버섯에 대한 진실을 이야기해줍니다." 히머의 목소리는 아버지의 목소리를 연상시켰다.

"이 책의 이야기들은 우리에게 유대인이 어떤 모습으로 나타날 수 있는지를 보여줍니다." 그는 이 부분에서 잠시 쉬고는 우리 둘을 번갈아 쳐다보았다. "이야기들은 우리에게 유대민족의 극악무도함과 비열함을 보여줍니다. 유대인의 본모습이 어떠한지를 보여주지요. 즉…," 히머는 미소를 짓고는 한 손가락을 들고 다음에 이어질 말을 기다리는 눈빛으로 크리스틴의 얼굴을 바라다보았다.

약간 입을 벌린 채 히머의 문장들에 귀 기울이던 크리스틴이 이윽고 낮은 목소리로 말했다. "인간의 탈을 쓴 악마라는 것을."

"브라보!" 히머는 그렇게 말하고는 크리스틴의 손을 잡았다. "자, 충분했죠. 춤을 출래요?"

크리스틴은 내가 대답해야 한다는 듯 내 쪽을 바라다보며 물었다. "춤이라고요?"

"작은 폴카예요." 히머가 말했다.

"좋아요."

"괜찮죠?" 히머가 다시 나를 바라다보며 물었다. 나는 가만히 있었다. 그는 이를 보이며 웃음을 지었다. 나는 예전에 이렇게 고른 치아를 가진 사람을 본 적이 있는지 자문했다. 크리스틴은 내게 기대었다.

"프리드리히 한 번만 추고 올게, 응?"

"본인이 쓴 책의 서문을 어떻게 다 외우실 수가 있어요?" 내가 물었다.

히머는 미소를 지었다. 크리스틴은 내 손을 꽉 쥐었다.

"물론 추세요." 나는 그렇게 말하며 그녀의 뺨에 키스를 하고 히머에게 고개를 꾸벅했다. "부탁드려요."

나는 댄스 홀의 창문을 통해 두 사람이 왈츠를 추는 것을 지켜보다 왈츠 한 곡이 끝나자 물가로 가서 부두 너머로 토를 했다.

나는 오랫동안 부두의 차가운 돌 위에 앉아 물을 바라보았다. 크리스틴의 두 팔이 뒤에서 나를 감싸안고 나서야 그녀가 왔다는 걸 알았다. 그녀의 쪽진 머리에서 몇 가닥의 머리칼이 빠져 얼굴로 흘러내렸다. 아이라인은 지워지고, 몸에서는 열기가 느껴졌다.

"아, 그 히머 씨. 보기보다 잘 추더라고. 하지만 징그럽게 추근댔어."

나는 손으로 크리스틴의 허리를 잡았다.

"정말 그렇게 생각해?"

"뭘?"

"인간의 탈을 쓴 악마."

그녀는 내게서 구토 냄새가 나는 것도 개의치 않고 키스를 했다.

"물론이지." 그녀는 그렇게 말하고는 손가락으로 내 코를 톡톡 쳤다.

"하지만 왜?"

"모두가 그렇게 말하니까 그렇지, 이 바보야." 그녀는 그렇게 말하고는 내 목을 잡고 잠시 얼굴을 들여다보았다.

"네 왼쪽 안주머니를 봐."

나는 쪽지를 꺼냈다. 쪽지에는 그녀의 단아한 필체로 '키스해 줘.'라고 적혀 있었다.

그녀가 특유의 몽롱한 시선으로 나를 보았다. 눈꺼풀이 반쯤 감겼다. 속눈썹이 길었다.

"이리 와." 그녀가 말했다.

"하지만 정말 말도 안 돼." 나는 그녀를 밀쳐내며 고개를 흔들었다. "완전히 거짓말이야. 독버섯 이야기. 넌 그거 안 믿잖아. 전차에서 그 여자에게 커피콩을 선물했잖아."

"에휴, 프리드리히. 그렇게 재미없게 굴지 마."

그녀는 내 팔을 잡았다. 나는 그녀를 내 쪽으로 끌어당겼다.

"집에서 말야, 내가 이야기했던 호수 있지?"

"호수…." 크리스틴이 부드럽게 받았다.

"거기에 바위벽이 있어. 아주 높은 절벽이지. 내가 거기서 뛰어내렸어."

그녀가 고개를 흔들더니 콧숨을 내쉬며 미소를 지었다.

"너 같은 애는 정말 처음 봐."

그녀는 나를 파티장으로 이끌었다. 악단은 이미 연주를

중단했고 단원들은 악기를 싸고 있었다. 크리스틴은 술잔 가득 버찌 브랜디를 마시며 댄스 홀을 향해 외쳤다. "노래, 노래!"

파티에 참석한 사람들은 곧 노래를 부르기 시작했다. 술맛이 싹 가셨다. 대부분 모르는 멜로디였다. 나중에 트리스탄은 자신의 상관과 함께 그가 자전거에서 불렀던 노래를 함께 불렀다. 이번에는 후렴구 전체를 들을 수 있었다.

돌격대원이 발포하러 갈 때
아이, 그는 기분이 좋다네.
유대인의 피가 칼에서 튀길 때
그는 좋다네. 다시 한번 좋다네.

사람들은 크고 멋지게 노래를 불렀다. 대다수의 베이스 음성에 크리스틴의 작은 소프라노 소리가 섞였다. 크리스틴은 트리스탄과 팔짱을 끼고 있었고, 복식호흡을 하느라 간헐적으로 배가 불룩해졌다. 나는 바지 호주머니에 있는 쪽지를 꽉 쥐었다. 나와 시선이 마주치자 크리스틴은 미소를 지었다.

돌아가는 길에 자동차 전조등 불빛 사이로 안개가 자욱했다. 크리스틴은 내 무릎에서 잤다. 오랫동안 마주 달려오는 자동차가 한 대도 없었다. 깜깜한 숲이 우리를 감쌌다. 나는 이 세상이 우리뿐이라면 얼마나 좋을까 하고 상상했다.

차에서 내린 나는 크리스틴을 안고 걸어갔다. 반쯤 갔을 때 힘에 부쳐서 로비의 소파에 잠깐 그녀를 눕혔다. 호텔 방의 욕실로 가서 크리스틴의 얼굴을 씻겨주고, 마실 물 한 잔을 그녀에게 주었다. 몇 방울이 턱을 거쳐 목으로 흘러내렸다.

나는 그녀의 짙은색 실크 드레스를 벗겨 옷걸이에 걸고는 내 잠옷 중 하나를 입혔다. 그녀가 내 방에서 밤을 보낸 건 이 날이 처음이었다. 그녀는 내 왼손 집게손가락을 주먹으로 꼭 쥐었다.

나는 잠들지 않으려고 노력했다. 한번은 그녀가 아직 숨을 쉬는지 보려고 그녀의 가슴에 머리를 대어보았다. 아침 해뜨기 전에 나는 크리스틴이 일어나서 욕실로 가는 소리를 들었다. 어둠 속에서 그녀가 옷을 입었다. 내 옷장에 갈아입을 자신의 옷들을 걸어둔 것이다. 그녀가 방을 나갈 때 나는 짐짓 잠을 자는 척 했다.

●●

6. 사례: 직접적으로 알지 못하는 여러 명

증인: 로베르트 차일러

증인인 로베르트 차일러는 피고가 때로는 그의 남편과 함께 쿠어퓌르스텐담에서 유대인들을 색출하는 것을 여러 번 보았다. 그런 다음 두 사람은 검거한 유대인들을 미리 준비해둔 화물차에 태워서는 이송시켰다. 라이프니츠 가를 수색할 때 피고는 증인에게 당장에 꺼져버리라고 말했다. 얼마 지나지 않아 증인은 오픈된 화물차가 지나가는 것을 보았다. 화물차에는 여러 사람이 타고 있었고 차 끝에는 피고와 롤프 이자스존이 앉아 있었다. 체포된 사람들의 운명은 알려져 있지 않다.

B1. I/118, 108, 198

1942년 5월. 멕시코는 독일에 전쟁을 선포한다. 영국의 총리 윈스턴 처칠은 방송으로 독일군에게 독가스 사용을 경고한다. 요제프 괴벨스 박사의 나치 십계명 중 다섯 번째 계명은 다음과 같다. "독일을 자랑스러워하라. 수백만이 생명을 바친 조국을 자랑스러워해도 된다." 영국의 외무장관 로버트 앤서니 에덴과 소련의 외교관 뱌체슬라프 몰로토프는 독일 제국에 대항하는 동맹조약에 서명한다. 빙 크로스비와 다른 뮤지션들이 뉴욕에서 '화이트 크리스마스'를 취입한다. 매달 배급되는 유지방의 양이 1053그램에서 825그램으로 줄어든다. 괴벨스는 베를린 예절 경연대회를 공고한다. 영국군은 '철갑작전Operation Ironclad'이라는 이름으로 마다가스카르를 점령한다. 체코슬로바키아 망명정부의 명령으로 두 명의 체코인이 프라하의 좁은 급커브 길에서 SS 보안방첩부의 수장인 라인하르트 하이드리히를 암살한다. 우선 암살객 한 사람이 벤츠 카브리올레를 탄 채로 하이드리히에게 기관권총을 쏘지만 장전 장치가 말을 듣지 않아 맞추지 못한다. 그러자 또 다른 암살객이 손수류탄을 던진다. 수류탄은 자동차의 오른쪽 뒷바퀴에 맞고 폭발하여 하이드리히의 늑골이 으스러지고 횡격막이 찢어진다. 수류탄 파편이 그의 비장을 파고든다. 하이드리히는 현장에서 살아남지만 며칠 뒤 숨진다.

그녀는 돌아오지 않았다. 그 날 저녁에도, 다음날에도 오지 않았다.

내가 뭘 잘못한 것인지 자문했다. 반제에서 나누었던 우리의 대화 때문인가 생각했다.

나는 말 없이 호텔 로비의 바에 앉아 그녀를 생각했다.

"약혼녀?" 뚱보 프란츠가 며칠간 침묵하다가 물었다.

나는 고개를 끄덕였다.

바에 다른 손님들이 없던 어느 밤에 리셉션 매니저가 내 옆에 앉았다. 그는 피곤해 보였다. 곱슬머리가 이마로 내려와 있었다. 프란츠는 세 잔 가득 화주를 따라서 대리석 위에 올려놓았다. 리셉션 매니저가 내 어깨에 손을 얹고는

"이거, 속수무책이군." 하고 말을 건넸다.

"견디기 힘드네요."

"아니에요. 우리 모두는 어떻게든 견디게 되어 있어요."

이제 나는 저녁에 피부에서 석탄가루를 씻어낼 이유를 찾지 못했다.

내가 속았다는 것을 알았다. 그러나 어떤 부분에서 속았는지를 알지 못했다. 그녀의 체취가 그리웠다. 며칠 침대보에서 그녀의 냄새가 나다가 이내 사라졌다. 그녀를 핑크트헨이라 부르고 싶었다.

외투 깃 위에서 그녀의 밝은색 머리카락 한 올을 발견했다. 나는 곧장 머리카락을 제거해 버리는 대신 이것으로 무얼 할지 반나절 동안 생각했다. 그런 다음 머리카락을 입속에 넣고는 코냑으로 머리카락을 목 뒤로 넘겼다.

크리스틴이 즐거울 때 으레 그렇게 하듯, 종종걸음치면서 호텔의 회전문으로 들어오는 모습이 눈에 선했다.

룸메이드가 내 창턱에 백합을 올려두고는 내게 뜨거운 코코아를 가져다 주었다. 나는 그것을 세면대에 부어버렸다.

나는 이스탄불의 아빠와 뮌헨의 엄마에게 각각 똑같은 전보를 쳤다.

아직 베를린. 사랑에 빠짐. 슬픔.

엄마에게서 이런 답장이 왔다.

프리츠,

엄마가 베를린에 가지 말라고 했었지. 네 슬픔이 내겐 별로 와 닿지 않는구나. 조국을 위해, 그로써 우리를 위해 싸우는 사람들을 생각하면 말이다. 테러리스트들과 싸우느라 목숨을 버리는 사람들이 아주 많아.

이제 이런 걸 알고 우리도 도와야 하지. 각자의 고통은 개인적인 운명이고, 그냥 잊어버리는 게 좋아.

엄마가 있는 뮌헨으로 오려무나. 이곳 님펜부르크가 얼마나 아름다운지 보게 될 거야.

하일 히틀러, 네게 인사를 전한다.

엄마가

아빠는 이런 답장을 해왔다.

아들아!

네 소식을 들으니 마음이 따스해지는구나. 내가 지금

어디에 있는지 상상해 보렴. 나는 보스포루스에 있는 작은 커피하우스에 와 있어. 이곳 종업원들은 오스만어 발음이 섞인 프랑스어를 쓴단다. 난 블랙커피를 마시고 있어. 네가 상상할 수 없을 정도로 진해. 모카라 불리는 것인데 생강의 풍미가 첨가된 커피야. 근사하게 들리지 않아? 마치 천일야화의 낯선 무어인처럼 말이야! 이 커피를 아주 작은 포트(주전자)에 담아줘. 제대로 알아들었는지 모르겠다만 이 작은 주전자를 이브릭이라고 부르더구나. 고운 모래처럼 갈린 분말을 물에 넣고 끓이는 방식이야. 상상할 수 있는 최상의 악마의 음료라 할 수 있어! 종업원 말에 따르면 옛날 베두인들은 이브릭 주전자를 사막의 뜨거운 모래나 모닥불 위에 직접 얹어서 가열했다고 해. 그래, 프리드리히. 이곳은 사하라 사막과 가깝단다. 부러운 생각이 들지 않니? 네가 이곳에 있다면 얼마나 좋을까? 하지만 전보를 보니 넌 내가 이곳 옛 콘스탄티노플에 푹 빠진 것만큼이나 그 흉악한 베를린에 빠져 있구나. 낯선 곳에서 느끼는 친숙한 느낌을 아빠도 알지. 우리 베두인들은 길에 있을 때에만 기분이 좋으니까 말이야. 너무 슬퍼하지 말길 바라. 고향이 늘 네게 방향을 일러주는 나침반처럼 남아 있을 테니까. 그저 길을 걸으며, 자기 자신으로 살면 돼. 네게 작은 비밀 하나 알려줄게. 엄마에겐 절대로 말하지 마. 이곳 맨 끝부분, 초승달 모양이 달린 높은 탑에서 한 남자가 매일 밤 노래를 불러서 사람들에게 기도시간이 되었음을 알려. 나는 그 소리 때문에 매번 깨어난단다. 그래서 오늘 밤엔 계획을 하나 세웠단다. 우리 집에서 일하는 사람의 조끼를 빌려 입고는 아주 경건하게 문 앞으로 가서, 무슬림들과 함께 메카를 향해 절을 할 거야! 재미있지 않아? 상상해 봐, 아들아. 네 아빠가 이슬람 사원 모스크를 방문하는 거야. 꿈에도 상상하지 못했던 일 아니니? 이제 슬슬 출발해야 한단다. 곧 다시 소식 전할게.

온 마음으로 언제나 너를 사랑하는 아빠로부터.

PS.: 커피 자국 미안해.

PPS: 아빠가 그렇게 받아들이지는 않겠는데, 내가 네 메시지를 오해했다면(이미 말했듯이 나는 그렇게 받아들이지는 않는데), 그래서 사랑의 대상이 여자라면 조심하길 바라. 들리는 이야기에 따르면 베를린 여자들은 상당히 건방진 데가 있다고 하니까.

저녁에 나는 사비니 광장에 있는 트리스탄의 집에 갔다.

트리스탄이 크리스틴의 성을 안다면, 그녀를 찾을 수 있을 지도 몰랐다. 트리스탄은 속옷 바람으로 내게 문을 열어주 었다. 손에 권총을 들고는 포옹하며 나를 반겼다. 꽤 긴 포 옹 인사였다.

"올드 보이."라고 그는 몇 번 말했다.

그레이하운드가 거실에서 뛰어나와 나를 반겨주었다. 강아지의 침이 내 소매에 흔적을 남겼다.

트리스탄은 가정부를 불러 차 좀 내오라고 했다.

"맛있는 그리스 산 야생 허브차로, 알겠죠?"

우리 둘만 남게 되었을 때 내가 말했다. "크리스틴이 사라졌어요."

트리스탄이 고개를 끄덕였다.

"때로 사람은 착각을 하지."

"그게 무슨 말이죠?"

"그녀는 우리가 생각했던 그런 사람이 아니었을 거야."

"어떤 사람이라 생각했는데요?"

크리스틴이 사라졌다는데 트리스탄이 어찌 그렇게 무덤 덤할 수 있는지 야속했다. 그래선지 나는 흥분한 목소리로 크게 물었고, 트리스탄은 내 손을 톡톡 두드렸다. 밝은색 가슴 털이 눈에 들어왔다.

"괜찮아, 나도 무서워. 우리 모두에게 두려움이 있지."

그가 그렇게 내 손을 두드리는 태도가 불쾌했다. 우리는 말 없이 차를 마셨다. 찻잔이 아주 얇은 도자기 재질이라 잡고 있다가 깨뜨려 버릴 것만 같았다. 트리스탄은 내게 좀 더 있다가 식사를 하고 갈 거냐고 물으며 자신은 얼마 전부터 육식을 하지 않는다고 덧붙였다. 태곳적 인류가 유대인 식인종과 짝을 지으면서 비로소 동물의 고기를 먹기 시작했다면서.

"대체 무슨 말을 하는 거죠?" 내가 물었다. 그의 팔뚝에 새겨진 검은색 null자 문신이 눈에 들어왔다.

"바그너 책에서 읽었어." 트리스탄이 말했다.

"크리스틴에게 성이 뭐냐고 물어봤나요?"

"간디도 육식을 하지 않아. 간디 알아?"

나는 트리스탄의 팔을 잡았다.

"크리스틴의 성을 알려줘요."

"아, 너 그것 때문에 여기 왔지." 트리스탄이 차를 따라 주고는 가만히 있었다.

"트리스탄, 크리스틴에게 물어봤어요?"

"응."

"그래서?"

"거짓말이었어."

나는 손으로 탁자를 쳤다. 찻잔들이 달그락거렸다.

"크리스틴은 우리 모두에게 거짓말을 했어." 트리스탄이 말했다.

나는 일어나서 문 쪽으로 걸어갔다. 트리스탄은 부리나케 와서 내 어깨를 잡고는 아주 조용하게 말했다.

"네가 유대인 아니라는 거 알아. 걱정하지 마. 내가 오래전에 다 알아봤어. 넌 유대인처럼 보이지만, 아니야. 넌 깨끗해."

우리는 견딘다. 아버지가 그런 말을 했었다. 독일에 온 뒤 나는 매일매일 그 말을 지켰고, 독일에서 유대인이 무슨 일을 당하는지 별로 개의치 않는 척 했다. 나치의 하켄크로이츠 깃발을 견디었고, 사람들이 오른팔을 쭉 펴고 하일 히틀러를 외치는 것도 참았다. 하지만 이 순간, 나는 그것이 잘못이었음을 깨달았다.

나는 트리스탄의 손길을 뿌리치고 집 밖으로 뛰쳐나왔다. 그러고는 등줄기에서 흘러내린 땀으로 셔츠가 흠뻑 젖을 때까지 달렸다. 몸젠 가까이 와서 나는 어느 집 입구의 대리석 계단에 앉았다. 한 커플이 지나갔다. 할머니와 할아버지가 손을 잡고, 손가락을 깍지낀 채 지나갔다.

크리스틴은 반제의 슈바넨베르더에 갔던 날로부터 8일 후에 모습을 드러냈다. 노크 소리가 아주 부드러워서 처음에 나는 제대로 듣지 못했다.

크리스틴의 얼굴을 봤을 때 나는 "맙소사!"라고 탄식을 했다.

뺨은 움푹 꺼지고, 머리에는 스카프를 두르고 있었다. 두 눈 아래 피멍이 들고, 한쪽 눈두덩은 검게 멍이 들어 있었다. 두 눈은 붉게 충혈된 상태였다.

"키스 안 해?" 그녀가 물었다,

내가 두 팔로 끌어안자 그녀는 경련하듯 몸을 움츠렸다. 그녀에게서 피 냄새가 났다.

"더 조심했어야 하는데." 그녀가 낮은 소리로 말했다. 무슨 말인지 도무지 알아들을 수 없었다.

"무슨 일이야? 뭘… 누가…? 무슨 일이 있었던 거지?"

크리스틴이 팔을 들어 나의 입을 막았다. 통증이 몰려오는지 그녀의 얼굴이 찡그려졌다.

"네가 날 떠나버린 줄 알았어." 내가 말했다.

"외투 벗는 것 좀 도와줘 프리츠. 내 어깨가…."

그녀의 팔에 채찍 자국이 나 있었다. 외투를 벗는데 외투 벨트가 머리에 걸리는 바람에 머릿수건이 벗겨졌다. 그 순간 나는 너무 놀라 숨을 쉴 수조차 없었다. 머리칼이 모두 밀려 두피가 고스란히 드러나고, 목에는 길쭉하게 피멍이 들어 있었다. 크리스틴은 고개를 돌렸다.

"완벽하게 은신하지를 못했어." 그녀는 계속 그렇게 말했다. "더 철저하게 조심했어야 하는데." 그녀는 훌쩍이며 주먹을 쥐고는 자기 이마를 쳤다.

"무슨 일이야?"

그녀는 기침을 했고, 그때마다 고통으로 얼굴을 찡그렸다. 그녀는 나를 바라보지 않은 채 이야기하는 편이 더 쉬울 것 같다고 말했다.

그리고 의자 하나를 창가로 밀어 밖을 보고 앉았다. 오래 걸렸다. 중간중간 그녀는 말을 멈추어 침묵했고, 한번은 소리를 질렀다. 그 외에는 시종 조용한 목소리였다.

"그들이 나를 유대인이라고 했어." 그녀가 이 말로 운을 떼었다.

크리스틴은 베를린에 사는 유대인의 딸이었다. 그녀의 말에 따르면 3일 유대인이었다. 매해 3일만 가족과 함께 빌메르스도르프의 유대교 회당을 방문했기 때문이다. 그녀의 아버지는 1차 대전 때 참전하여 프랑스군을 상대로 싸웠다. RJFReichsbund juedischer Frontsoldaten(유대인 장병연합) 소속이었다. 크산테너 가에 위치한 집에는 이때 받은 훈장으로 가득한 서랍이 있었다. 그녀의 아버지는 작곡가였다. 독일 가곡, 특히 슈베르트와 슈만의 가곡을 좋아했다. 가족은 가난했다.

크리스틴은 우리가 앉아 있는 방을 가리키며, 이곳의 모든 것은 자신에게 꿈과 같았다고 말했다. 음식은 너무 맛있고, 오리털 이불은 너무나 보드랍다고. 전에는 한 번도 샴페인을 마셔보지 못했다고.

자신은 유대인이 아니라고 그녀는 강조했다. 유대인처럼 생기지도 않았고, 유대인 친구도 없으며, 동유럽의 유대인들처럼 이디시어로 말하지도 않고, 신을 믿지도 않는다고.

"나는 완전히 아리아적인 사람이거든." 그녀는 말했다.

베이컨을 먹고, 셰마 이스라엘을 암송하지도 못한다고. 그런데 히틀러가 그녀를 유대인으로 만들었다고 했다.

파자넨 거리의 유대교 회당이 불에 타는 모습을 소방관들이 선 채 지켜보았던 그 밤 이후 크리스틴은 자신의 신분증에 붉은 철자로 "J"자가 찍혀 있다는 걸 함구했다. 그녀는 가수가 되고 싶었으나 유대 혈통으로서는 그것이 불가능했다. 부모님은 미국으로 건너갈 만한 돈을 가지고 있지 않았다. 부모님은 독일이 그들을 보호해주기를 바랐다고 했다. 아버지가 전쟁에 참전했으므로, 그리고 슈베르트를 좋아하는 민족은 악독할 수가 없을 것이기에.

크리스틴의 삶은 꽤 괜찮았다. 미술학교 모델 일과 라틴어 과외, 그리고 멜로디 클럽에 출연해서 받는 적은 돈으로 그런대로 잘 살았다. 그녀는 부모와 함께 불법 숙소에서 잠을 잤다.

그런데 슈바넨베르더의 파티에 다녀오고 이틀 만에 가죽 코트를 입은 남자들이 와서 그녀와 부모를 체포했다. 그 남자들은 옷을 입으라고, 두세 시간 뒤 다시 집으로 데려다준다고 말하고는 그들을 부르거 가에 있는 유대인국局으로 데려갔다. 누가 밀고했는지 크리스틴은 알지 못했다.

한 남자가 면도기로 그녀의 머리칼과 겨드랑이털, 다리 사이의 음모를 밀었다. 비누도 사용하지 않고서 말이다. 그 남자는 그녀의 피에서 돼지 냄새가 난다고 말했다. 그녀는 지하실에서 밤을 보내야 했는데, 발목이 빠질 만큼 물이 고여 있어서 잠을 자기가 어려웠다. 물에서는 버섯 냄새가 났다. 초여름이라 다행이었다고 그녀는 말했다. 그렇지 않았으면 추웠을 거라고.

낮에는 창문 없는 방으로 보내졌다. 남자들은 그곳을 '작업실'이라 불렀다. 작업실에는 스스로를 '정원사'라고 소개한 한 남자가 의자에 앉아 담배를 피우고 있었다. 벽에는 달력에서 꽃 사진을 골라 찢어낸 낱장들이 걸려 있었다.

정원사는 붉고 긴 곱슬머리를 하고 있었다. 천정에 매달린 전구에서는 푸르스름한 빛이 났다. 그는 크리스틴의 손을 등 뒤쪽으로 모아 수갑을 채웠다. 연마된 체인 한쪽에는 갈고리가 달려 있었다.

정원사는 면 셔츠들을 작업실로 가져와서 지하실에 다리미판을 세웠다. 그리고 인두다리미에 석탄을 채우고는 크리스틴의 수갑을 풀어준 뒤 자신의 셔츠를 다리게 했다. 크리스틴이 어깨 이음이나 깃처럼 까다로운 부분을 잘 다리자 칭찬을 했다.

이어 정원사는 크리스틴의 수갑을 천정에 달린 갈고리 안으로 밀어 넣고는 케이블 윈치를 이용해 그녀를 바닥에서 0.5미터쯤 들어올렸다. 그녀의 어깨 근육은 잠시 체중을 지탱하는 듯했으나 곧장 어깨가 탈골되었고, 팔이 매달린 채 그녀는 축 늘어졌다. 그 상태에서 정원사는 고무호스로 그녀를 때렸다. 때리는 사이사이 혀를 끌끌 찼다.

그는 바이에른 사투리로 이렇게 말했다. "생각해 봐. 순종 리피자너(백마로 세계적 명마이다—옮긴이)들로 가득한 마

구간이 있었어. 그런데 어쩌다가 세대마다 벨기에의 농마
農馬 한 마리와 이종교배가 이루어진 거야. 당연히 유전적
으로 타고난 경주능력은 떨어지는 반면 진흙탕에서 수레
를 끄는 능력은 올라가겠지. 하지만 그건 다른 능력이야.
인간도 마찬가지지."

정원사는 유대인 신분증 위조자 시오마 쉔하우스가 어
디 숨어 있는지 알고자 했다. 크리스틴은 알지 못했다. 쉔
하우스는 프레스 기계와 하켄크로이츠 인장, 펠리컨 잉크
수정액으로 문서를 위조했다는 혐의를 받고 있었다.

크리스틴은 가능해 보이는 주소를 댔다. 크리스틴은 라
센샨데Rassenschande('인종을 더럽히다'라는 뜻의 제3제국 용어로,
유대인과 아리아인의 성관계를 말함)를 자백했고, 이 일로 정원
사가 자신을 마구 때려 차라리 의식을 잃기를 바랐다.

고무호스 구타는 아주 고통스럽지는 않았다. 구타 이후
그녀는 팔이 탈골된 채로 바닥에 쓰러졌다.

"그들은 내게 상처를 내었어." 그녀가 말했다.

정원사는 올리베티 타자기를 그녀에게 던졌다. 그 과정
에서 타자기가 손상되는 것도 개의치 않았다. 크리스틴은
타자기를 바닥에서 들어 다시금 탁자에 놓아야 했고, 그러
자마자 정원사는 타자기를 다시 집어 던졌다.

다림질한 셔츠에서 주름 하나라도 발견하면 인두를 내동댕이쳤다.

며칠 뒤 정원사는 그녀의 팔을 다시 끼워 넣었다. 다른 남자들이 그녀에게 스카프를 주고는 창 없는 차에 태워 빌메르스도르프로 실어갔다. 그러고는 부모가 살아남기를 원한다면, 신분증 위조자인 시오마 쉔하우스가 어디 있는지를 알아내라고 말했다. 그렇지 않으면 곧 부모를 태운 기차가 떠나버리게 될 거라면서.

"이제 어떻게 하지, 프리드리히?"

"하지만 넌 별을 달고 있지 않았잖아."

"난 위조된 신분증을 가지고 있었어."

"그래서 내가 바래다준다고 해도 한사코 거부했군."

"그래, 프리드리히."

그녀는 의자에 앉은 채 내게로 몸을 돌렸다. 눈가에 눈물이 맺히고 얼굴엔 결연함이 서려 있었다. 전에는 보지 못하던 낯빛이었다. 피부는 더 이상 빛이 나지 않았다.

"나의 크리스틴."

"프리드리히, 크리스틴은 내 본명이 아니야." 그녀가 나를 바라다보았다. "난 스텔라야. 스텔라 골트슐라크."

"우리 이제 어쩌지?"

그렇게 물으며 그녀가 내 손을 덥석 잡았다. 내게 스위스 여권을 가지고 있냐고 그녀가 물었던 일이 떠올랐다.

"내 여권이 생명보험이 될 수 있을까…."

그녀는 천천히 고개를 가로저으며 눈을 감았다.

"그럼 어떻게 할 거야?"

"진실을 이야기할 거야."

그녀는 내 가슴에 손을 대었다. 셔츠를 통해 그녀 손바닥의 온기가 전해졌다.

"진짜야 프리츠. 너도 알잖아."

내 무릎에 앉은 그녀의 얼굴이 고통으로 일그러졌다.

"의사를 부를게, 크리스틴."

"스텔라, 스텔라야." 그녀는 그렇게 바로잡고는 내 시선을 외면했다.

"의사를 부를게."

리셉션 매니저는 아무런 질문도 하지 않았다. 다만 가능하면 이른 시간 내에 의사가 오게끔 조치하겠다고 말했다.

한 시간 남짓 지났을까, 가죽가방을 든 남자가 들어왔다. 그는 하얀 가운 대신 트위드 원단 양복을 입고 있었다.

"지금이 몇 월인가요, 아가씨?" 그는 스텔라를 쳐다보기 전에 그렇게 묻고는 곧바로 "죄송합니다." 하고 덧붙였다. 그는 어디서 이런 상처를 얻었는지 묻지 않았다. 진찰할 때 나는 방에 머물러 있었다. 의사는 조심스럽게 스텔라의 어깨를 만져보았다.

"왼쪽 어깨관절이 잘못 맞추어졌네요. 제가 다시 해야겠습니다." 그가 말했다. 그는 주사기를 꺼내 팔꿈치 부분에 주사를 놓았다. 맑은 약물이었다.

"수건 좀 가져다주시겠어요?" 의사가 내게 말했다. 나는 욕실로 가서 수건 몇 장을 들고 왔다. 의사는 그 중 하나를 스텔라에게 주었다. 뼈를 탈구시켰다가 다시 끼울 때 어깨에서 우두둑 소리가 났다. 스텔라는 눈을 질끈 감은 채 손수건을 입에 물고 견디었다.

피멍 몇 군데를 요오드로 소독한 뒤 의사가 내게 말했다. "잠시 자리를 비워 주시겠습니까?"

"그냥 있어도 돼요." 스텔라가 얼른 대답했다.

스텔라는 침대에 누웠고, 의사는 그녀의 옷을 배 쪽까지 걷어 올리고는 진찰했다. 나는 그냥 소파에 앉아 있었다. 의사가 무얼 하는지 알지 못했다. 다만 의사가 실로 꿰매는 것을 보았다. 스텔라가 나를 바라다보며 눈꺼풀을 깜박

일 때 나는 연신 고개를 끄덕여주었다.

나는 의사에게 진료비를 지불한 뒤 함구해 달라는 의미로 100제국마르크를 더 건넸다.

우리 둘만 있게 되자 스텔라는 다시 한번 물었다. "이제 어떻게 해야 하지?"

나는 침대 위 그녀 옆에 우두커니 앉아 그녀의 손만 잡고 있었다. "우리 슐렉스로 가자." 내가 말했다.

"그럴 수 없어."

"오리엔트 특급을 타면 돼. 그냥 여기를 떠나버리자."

"하지만 엄마 아빠가."

그녀의 눈에서 소리 없이 눈물이 주룩주룩 흘러내렸다. 눈물을 닦아주어도 소용이 없었다.

이 순간 나는 그녀 곁에 남기로 결심했다. 그녀의 이름이 무엇이든 상관없었다. 그녀는 내게 쪽지를 써준 여자였다. 그녀에게는 다른 선택지가 없었다.

"누가 우릴 도와줄 수 있는지 알고 있어." 내가 말했다.

스텔라는 고개를 들었다. 나는 말을 하기 전에 심호흡을 크게 했다.

바로 그날 트리스탄이 호텔로 전화를 걸어서 내게 저녁을 먹으러 오라고 했다. 나는 이 초대가 우연이 아님을 알았다.

이틀 뒤 내가 스텔라를 데리고 나타나자 자신의 현관문을 열어 나를 맞이하던 트리스탄은 눈썹을 치켜떴다. 트리스탄은 가슴 부분에 룬문자로 '방패'라고 수놓아진 목욕가운을 입고 있었다.

"데리고 오면 안 되었는데." 문을 닫으며 그는 말했다.

그림 그려진 도자기 접시와 메탈 쟁반에 치즈 롤이 수북이 담겨 있었다.

"자, 이렇게 맛난 것들 좀 먹어보시게." 트리스탄이 말했다. "쉽지 않았다네."

"8일 동안 부르거 가에 갔다 왔어요." 스텔라가 그렇게 말하며 나이프를 집었다.

"자, 어서 먹어. 세 사람 식사를 가져오라고 할게. 무슨 이야기든 먹으면서 하는 쪽이 항상 더 좋아." 트리스탄이 대꾸했다.

"부모님은 아직 그 지하실에 있어요" 스텔라가 말했다.

그 순간 트리스탄의 눈빛을 어떻게 해석해야 할지 나는 알 수 없었다. 스텔라는 나이프 끝으로 손바닥을 눌렀다.

그런 다음 머리에 썼던 스카프를 벗었다.

트리스탄의 목소리가 돌연 바뀌었다. 종종 그렇듯 굉장히 높은 톤이었지만, 그만 목소리가 갈라져 버렸다. "저런! 안 좋아 보이는군, 아가씨." 트리스탄은 창밖을 내다보았다. "그들이 어떻게 한 거지? 내 말은…, 머리칼을?"

스텔라는 다시금 나이프 끝을 손에 대고 눌렀다. 피가 통하지 않아서 칼끝 주변 피부가 하얗게 변했다.

"우리를 도와줄 수 있지요?" 스텔라가 물었다.

트리스탄이 의자 등받이에 등을 기대더니 그녀보다 더 낮은 소리로 대꾸했다. "그럴 필요는 없지."

나는 스텔라의 손이 나이프의 손잡이를 꽉 쥐는 것을 보았다. 그녀가 움직이기 전에, 내 손을 그녀의 손에 올리고는 꽉 쥐었다. 그리고 이 저녁 처음으로 입을 열었다.

"우리가 무엇을 할 수 있을까요?"

트리스탄은 기다란 쇠꼬챙이로 오이피클(코르니숑 오이. 작은 오이로 만든 피클)을 찍어서는 입에 넣고 오래오래 씹으며, 우리를 번갈아 쳐다보았다. 마치 적당한 말을 찾는 것처럼. "프리드리히, 우리는 친구야. 자, 이 여자가 네게 얼마나 자주 거짓말을 했는지 한번 생각해 봤어?"

그가 잠시 말을 멈추고 아무것도 올려놓지 않은 창턱을

바라다보았다.

"작은 다람쥐 기억나? 내가 보살펴주었잖아. 기억나지?"

트리스탄은 이제 스텔라 쪽으로 고개를 돌리고는 뚫어져라 그녀를 응시했다.

"자, 여기 이 집이 제국이라고 가정하자고. 다람쥐는 이곳의 손님이었어. 그렇지? 이 제국의 지배자는 무크야."

구석에 누워 있던 그레이하운드가 자신의 이름이 불리는 소리에 고개를 들었다.

"뭐라고요?" 내가 물었다.

"무크는 몇 번이나 다람쥐 상자에 주둥이를 들이밀어. 하지만 손님을 그냥 내버려 두지. 그러고 나서 며칠 후 마드무아젤 르쇼는 다람쥐가 기어 다니기 시작하는 걸 목격해. 그녀는 창문을 열지. 다람쥐가 자신의 제국으로 혹은 그 어디로든 가버릴 수 있도록. 어쨌든 중요한 건, 가버릴 수 있다는 사실이야."

"트리스탄, 무슨 말을 하는 거죠?"

"음, 하지만 다람쥐는 가버리지 않아. 집에 남지. 다른 사람들이 그를 위해 모아다 주는 헤이즐넛이 있으니까. 그리고 크리스틴 미안하지만, 조금씩 조금씩 이스라엘 놈들의 본성이 드러나기 시작하는 거야."

"트리스탄, 그만."

트리스탄은 꼬챙이를 손에 쥔 채 일어서서, 우리를 등지고 창가로 걸어갔다. 그러고는 어둠 속에 대고 말했다.

"그런 식으로 그 영혼의 완전한 퇴폐성이 살아나기에 이르지. 마침내 이 큰 집을 혼자 차지하려고 드는 거야. 자기 앞에 무크가 있다는 건 상관하지 않아. 어느 날 마드무아젤 르쇼는 다람쥐가 상자에서 기어 나와 무크의 앞발을 무는 광경을 보게 되지."

"그만 해요, 트리스탄." 내가 외쳤다.

"그만!" 스텔라가 귀를 막았다.

트리스탄은 이야기를 계속했다.

"다람쥐가 얼마나 비열한지 모골이 송연할 지경이야. 무크는 뒤늦게 놀랐지. 너도 알지? 마침내 그 사실을 깨달은 무크는 발로 다람쥐를 움켜쥐었어. 다행히 잡아먹지는 않았어. 대신 마드무아젤 르쇼가 다람쥐를 부엌의 난로에 집어넣어 폐지랑 같이 태웠어. 마드무아젤이 내게 그 이야기를 해줄 때 어떤 모습이었는지 봤어야 하는데 말이지. 정말이지 제정신이 아니었어."

나는 일어났다. 스텔라는 여전히 손으로 귀를 막고 있었다. 트리스탄은 돌아서서 우리 둘을 번갈아 바라다보았다.

그러고는 오이피클을 찍을 때 썼던 쇠꼬챙이로 스텔라를 가리키며 우리 쪽으로 걸어왔다.

"여기에 아직 유대인이 한 분 앉아 계시는군."

"트리스탄, 그만 해요."

"…우리가 부르거 가의 무크들로 하여금 일하게 하지 않으면, 화가 우리에게까지 미칠 거야."

"그만!" 나는 이제 소리를 꽥 질렀다.

트리스탄은 쇠꼬챙이를 스텔라 곁 식탁 위에 떨어뜨렸다. 그러고는 집게손가락을 스텔라의 턱밑에 대고 들릴락 말락 한 소리로 속삭였다.

"우리를 난도질해 놓겠지. 나머지 이스라엘 놈들과 함께."

나는 트리스탄의 팔을 잡았다.

"미쳤어요, 트리스탄?"

나는 피부에 null 자 문신이 새겨진 그의 팔을 잡았다.

트리스탄은 스텔라의 턱에서 손가락을 떼더니 테이블을 돌아 자기 자리에 앉았다. 목욕가운이 벌어져 앙상한 가슴이 드러났다. 트리스탄은 냅킨으로 입가를 훔쳤다.

"트리스탄." 나는 나지막이 그를 불렀다. 하지만 아무도 더는 말을 하지 않았다.

트리스탄이 음식을 씹는 소리가 들렸다. 위층에서는 아

이가 뛰어다니는 듯한 소리가 났다. 바깥 길에서는 누군가 경쾌하고 밝은 멜로디의 휘파람을 불었다.

몇 분 뒤 스텔라는 천천히 의자에서 일어났다. 그녀의 손을 붙잡아 도로 앉히려 했지만, 그녀는 벌써 현관을 향해 걸어가고 있었다. 나는 그녀의 뒤를 따라 일어섰다.

트리스탄은 앉은 채로 이렇게 소리를 질렀다. "그래, 잘한다. 이제 누군가에게 여기에 얼마나 좋은 음식들이 있었는지 일러바치겠군."

복도에서 그녀는 걸음을 멈추고, 뒤따르던 나에게 말했다. "나 그냥 내버려 둬. 혼자 있고 싶어."

"내가 어떻게 도울 수 있을까?"

"됐어."

올바른 일을 하려다 그르친 기분이었다.

나는 스텔라를 보내고는 다시 트리스탄의 집으로 들어와 식탁에 앉았다. 트리스탄은 음식을 씹으며 내게 미소를 지었다.

"남아줘서 고마워." 그가 말했다.

나는 그에게 소리를 지르고 싶었다. 하지만 그런 행동은 스텔라에게 도움이 되지 않을 것이었다.

나는 몇 차례 심호흡을 한 뒤 물었다.

"내가 뭘 할 수 있을까요?"

"강해져서 그녀를 잊어버려."

"그게 강한 거예요?"

트리스탄은 어깨를 으쓱했다. 그는 접시에 치즈와 계란을 담고, 검은 호밀빵에 버터를 두껍게 칠했다. 그러고는 일어나서 테이블을 돌아 내 앞에 접시를 놓았다. 다른 손으로는 내 어깨를 짚었다.

"먹어 봐. 혼자 먹는 건 즐겁지 않으니까."

몇 입 먹었다. 아무 맛도 없었다.

"빵을 좀 더 많이 먹어." 트리스탄이 말했다. "자우어타익(사우어도우, 천연효모 발효빵)이야. 빵은 건강에 좋아."

"스텔라는 무슨 일이든 할 거예요, 뭐든. 난 알아요." 내가 말했다.

트리스탄은 부드럽게 고개를 젓고는 롤치즈 한 조각을 집어 무크에게 던졌다. 무크는 먹지 않았다.

"나를 봐서 그녀를 좀 도와줘요." 나는 부탁했다.

트리스탄은 한숨을 쉬며 어깨를 축 늘어뜨렸다.

"오래전부터 그래왔어." 그가 나지막이 말했다. 트리스탄이 다음 말을 이었을 때 내 가슴은 근질거리기 시작했다. "스텔라가 찾아야 하는 그 신분증 위조자 말인데…."

"그걸 어떻게 알죠?"

트리스탄이 말똥말똥한 눈으로 나를 쳐다보았다.

"그녀가 그 사람을 잡으면 부모님의 목숨을 구할 수 있어. 내 말은 아는 사람을 동원해서 말이야. 부르거 가의 동료들에게 그 사람은 완벽한 미끼 유대인이야."

이 말을 어떻게 해석해야 할지 난감했다. 이 남자는 대체 어디에 있단 말인가?

"미끼 유대인이라고." 트리스탄은 혼자말을 하듯 여러 번 반복했다. "미끼 유대인, 멋진 말이야."

"당신은 스텔라에게 겁을 줬어요."

"겁이라고? 무슨 소리. 그녀가 내게 겁을 줬지. 그녀는 우리 둘을 함께 구렁텅이로 잡아끌고 있어. 넌 아직 깨닫지 못하겠지만."

트리스탄의 눈빛은 진솔했다.

"나라고 쉬운 줄 알아? 나도 완전히 지쳤어. 서커스에서 춤추는 곰처럼 말이야. 그들은 곰을 좋게 생각하지만, 정작 곰 발바닥에서는 불이 난다니까."

나는 천천히 접시를 비웠다. 트리스탄의 기분을 망치지 않고자 노력했다. 그리고 그와 함께 맥주를 마셨다.

"춤추는 곰처럼." 그는 그렇게 말하고는 "우리 이제 다른 이야기를 할까?"라고 덧붙였다.

그는 무크가 죽을까 봐 두렵다고 말했다. 그리고 자기처럼 키가 크면, 적당한 신붓감을 찾기가 힘들다고 했다. 스텔라의 삶 따위 사소한 일인 듯 그는 가볍게 주제를 바꾸었다. 가정을 이루고 자녀를 두고 싶다고, 예쁜 옷을 사줄 딸이 있으면 좋겠다고 했다. 나는 아무 대꾸도 하지 않았다. 나중에 우리는 그가 새로 마련한 스윙 음반을 들었다. 그는 음악에 맞춰 약간 춤을 추었다.

"아주 이상하지 않다면 함께 추지 그래?"

"정말 그렇게 생각해요?" 내가 물었다.

"뭘?"

"유대인들이 우리를 난도질해 놓을 거라는 말."

트리스탄은 몸을 이리저리 흔들었다.

"물론 아니지."

트리스탄은 손을 리듬 있게 움직이면서 말을 이었다.

"이스라엘인들은 우리와 달라. 나는 그렇게 생각해. 하지만 어중이떠중이들이 그것을 이해하게 하려면 프로파간다가 중요하지. 게다가 유대인은 많은 것을 잘할 수 있어. 돈도 잘 벌고, 멋진 모피도 만들고. 유대인들의 음악을 나 역시 즐겨 들어. 랩소디 인 블루 첫 부분의 클라리넷 글리

산도는 정말 탁월하지. 그리고 이제 우리끼리 이야기지만, 나는 세파르디 유대인 아가씨들도 아주 사랑스럽다고 생각해. 하지만 유대인들은 어쨌든 다른 족속들이야. 아주 다른 냄새도 나고."

"그들에게서는 다른 냄새가 나지 않아요."

"아니. 아니 솔직히 말해서 네가 제일 잘 알 텐데. 냄새가 다르잖아. 유대인 냄새 말이야. 크리스틴처럼."

트리스탄이 미소지었다.

"좋아할 수 있어요."

그러자 그의 얼굴이 심각해졌다. "크리스틴이 비밀을 지킬 거라고 장담해? 응? 그러니까 내가 파리에서 치즈를 공수해 오는 걸 내 상관이 알면…."

나는 고개를 저었다. "그녀는 그런 사람이 아니에요."

트리스탄은 고개를 끄덕였다. 그리고 내게로 가까이 몸을 굽히고는 이렇게 말했다.

"참, 다람쥐는 잘 지내고 있어."

"뭐라고요?"

"다시 걸을 수 있게 되어 밤나무로 갔어."

"하지만 아까는, 아까는 마드무아젤 르쇼가 불태웠다고 말했잖아요"

"하얀 거짓말이야, 프리츠." 그는 눈을 찡긋했다. "알겠어? 그냥 하얀 거짓말일 뿐이야."

그는 나를 빤히 보았다.

"프리츠?"

"네."

"너 아직도 여기서 뭘 하는 거야?"

"트리스탄, 당신이 혼자 식사하지 않도록 남았잖아요."

"이곳은 너 같은 유형이 머물 곳이 못 돼."

"무슨 말이죠?"

"베를린 말이야. 이 미친 도시. 이 독일. 넌 너무 곱게 자란 녀석이야."

내가 호텔 방으로 돌아왔을 때 스텔라는 깬 채로 어둠 속에 누워 있었다. 내가 트리스탄과 나눈 이야기를 들려주기 전에 그녀가 말했다. "내일부터 쉔하우스를 찾을 거야."

봄날에 듣던 목소리였다. 다시 힘이 돌아와 있었다. 순간 나는 숨이 턱 막혔다.

"그럴 수 없어."

"그래야 해."

"하지만 그래서는 안 돼."

그러자 그녀는 나를 등지고 누워 창 쪽을 바라보았다.

"알아." 그녀가 말했다.

••

36, 37. 사례: 2인의 무명씨

증인: 헤트비히 홀차머

증인과 그녀의 남편은 쿠어퓌르스텐담에서 피고가 카페 크란츨러에서 두 남자와 친근하게 대화를 나누다 그 둘을 밖으로 데리고 나가는 것을 보았다. 거리에는 유대인 첩자인 골드슈타인과 나치 친위대 지도자 슈뵈벨이 사복차림으로 당도해 있었다. 슈뵈벨은 자신의 신분증을 보여주며, 이 두 남자에게 그의 차에 타라고 요구했다. 그런 다음 피고는 그 장소를 떠다.

B1.I/ 113R, 195

1942년 6월 1,000대가 넘는 영국 공군의 폭격기들이 75분간 브레멘에 공습을 퍼붓는다. 제3제국에 마지막 남은 유대인 학교들이 문을 닫는다. 폴 매카트니가 태어난다. 극소수의 예외만 제외하고 1/2 유대인(1/2 혼혈 유대인)은 고등교육을 받을 수 없게 된다. 요제프 괴벨스 박사의 나치 십계명 중 여섯 번째 계명은 다음과 같다. "독일을 비방하는 자는 그대와 그대의 조상들을 비방하는 것이다. 주먹으로 치라." 미 의회는 420억 달러를 군비로 지출하기로 결의한다. 제국 국민건강부는 파테르만 회사에서 출시한 'Biomalz'라는 이름의 음료가 "미래로 진군하는 강한 청소년의 발달"에 이롭다고 선전한다. 유대계 독일인들이 소유한 요리용 철판이 몰수된다. 베를린의 쇼윈도에는 "스파이 조심! 대화에 주의!"라고 적힌 플래카드가 걸린다. 뮌헨에서 한스 숄과 알렉산더 슈모렐이 저항단체를 만들고, 이름을 '백장미'라고 짓는다. 피습을 당한 라인하르트 하이드리히는 복막염으로 사망한다. 복막염은 수류탄이 터지면서 복강으로 침투한 자동차 좌석쿠션 조각들이 유발한 것으로 보인다. 하이드리히에 대한 암살의 보복 차원에서 독일 경찰은 체코 리디체 마을의 남성 주민들을 몰살한다. 여성과 아이는 강제수용소로 끌어가고, 그 지역을 불도저로 깡그리 밀어버린다. 암살자들은 리디체 마을과 전혀 상관이 없었는데도 말이다.

불과 두세 주 전에 우리는 함께 음악을 듣고, 슈바넨베르더 섬에서 함께 웃었다. 그런데 이제 조용했다.

스텔라는 가족을 지키려 했다. 그것이 잘못된 선택이었을까?

나는 돈과 스위스 여권이 있는 청년이었고, 이런 전쟁 중에도 전쟁과 상관없이 살 수 있다고 생각했으므로 여행을 왔다. 얼마나 어리석었던지. 머리에 떠오르는 생각들이 현실성이 없어 보였으므로 나는 침묵했다. 나는 스텔라에게 트리스탄에 대해 이야기하지 않았다. 그가 정확히 어떤 마음을 품고 있는지 알지 못했기 때문이다.

그녀는 나를 등진 채 침대에 누워 있었다. 열이 나는 듯 몸이 뜨거웠다. 스텔라는 내 팔을 가져다가 제 몸을 꼭 끌어안았다.

"난 이제 더 이상 사랑스럽지 않아."

나는 그녀의 목에 키스했다.

"밤새 나랑 같이 깨어 있을 수 있어?" 그녀가 물었다.

우리는 오랫동안 깨어 있었다. 나는 집을 생각했고, 어릴 적의 해바라기밭을 생각했다. 꿈이었는지도 모른다. 뭐든 상관없었다.

나중에 스텔라는 내 품 안에서 몸을 떨었다. 커튼이 열려 있어서, 새벽같이 창으로 햇빛이 비쳐들었다.

"자?" 스텔라가 물었다.

"응." 내가 답했다.

나는 스텔라를 위해 목욕물을 받았다. 그녀가 욕조에 들어가자 목욕수건으로 등과 겨드랑이를 닦아주었다. 다리 사이도 세심하게 닦았다. 그녀는 그렇게 하는 나를 바라다보고 있었다. 나는 그녀가 속옷 입는 걸 도와주었다. 그녀는 핸드백에서 초콜릿 하나를 꺼내어 먹었다. 나는 그녀에게 겉옷을 입혔고, 그녀는 작은 사냥꾼 모자를 썼다.

"우리 어디로 갈까?" 내가 물었다.

"몰라도 돼." 그녀가 대답했다.

나는 그녀의 눈꺼풀에 키스를 했다.

"이제 내가 네 남자야."

그 말을 할 때 가슴이 뭉클했다. 그 말을 그녀를 위해 하는지 나를 위해 하는지, 나는 알지 못했다. 그녀가 부르거가에 다녀온 이래 처음으로 얼굴에 미소가 떠오르는 걸 보았다.

"내 남자…." 그녀가 중얼거리며 이마를 내 턱에 대었다.

"자, 이제 우리 무얼 할까?" 나는 물었다.

스텔라는 한 걸음 떨어져 거리를 두고 나를 바라보았다. 그녀가 그 일을 무어라 칭할지 나는 알지 못했다. 다만 그녀가 무엇을 할 것인지는 알았다. 그 사실을 나는 직감적으로 깨달았다.

"우리 이제 뭘 하지?"

사냥.

우리는 택시를 불렀다. 택시에 오르자 스텔라가 "이라니쉐 가 병원 부탁합니다."라고 했고, 택시는 베를린을 가로질렀다. 출근하는 사람들, 물건을 구입하는 사람들, 벤치에 앉아서 신문 읽는 사람들의 모습이 보였다. 그들은 모두 평범한 수요일 아침에 하는 일을 하고 있었다. 적절해 보였다.

나는 속으로 신분증 위조자가 부르거 가에 수감되면 어떻게 될지 자문했다. 스텔라의 귀에 대고 "다른 길은 없을까?"라고 귓속말로 물었다. 그녀는 조용히 창밖을 바라보기만 했다.

병원은 아주 크고 구불구불했다. 스텔라가 내 삶으로 들어온 이래 우리가 어디에 가고 무얼 먹고 어떻게 살아갈지는 줄곧 그녀가 결정했다. 나는 그것이 좋았다. 그녀는 강한 여자였고, 나는 약했다. 하지만 이 순간, 나는 그것이 견딜 수 없을 만큼 싫었다.

병원에 들어서기 전에 나는 그녀의 손을 잡고 물었다. "우리 여기서 뭐 하는 거야?"

한 남자가 문에서 나왔다. 스텔라와 나는 입을 다물었다. 잠시 후 그녀는 나를 안뜰로 끌어당겨 빠르게 말했다.

"베를린의 유대인은 돈이 있거나 위조 신분증이 있어야만 도피할 수 있어."

손에 꽃다발을 든 한 남자가 지나갔다.

"안아줘." 스텔라가 속삭였다.

나는 그녀를 안았다. 그녀는 내 귀에 대고 설명했다.

"여기 병원에 1/4유대인인 내과 의사 하나가 있어. 그는 계속 일해도 돼. 베를린의 모든 유대인은 600제국마르크를 내면 그가 SD 신분증을 마련해준다는 걸 알고 있어."

"쉔하우스."

"의사가 우리를 쉔하우스에게로 안내해 줄 거야."

우리는 껴안은 채로 있었다.

"네가 나를 꼭 안고 있으니까 좋다." 그녀가 말했다.

나는 메스꺼웠다. 아침을 안 먹어서 그런가 했다. 하지만 난 그게 아니라는 사실을 잘 알았다.

"난 못해."

"마음만 먹으면 많은 것을 할 수 있어."

"난 할 수 없어."

"알아."

그녀는 자신의 뺨을 내 뺨에 대었다.

"호텔에서 기다려."

"스텔라…."

"날 크리스틴이라 불러."

그녀의 입술이 차가웠다. 나는 목석같이 서 있었고 그녀는 어깨를 펴고 잠시 입을 일그러뜨리다가 미소 지으려 했다. 하지만 잘 되지 않았다. 그녀는 고개를 꼿꼿이 들고 병원 입구 쪽으로 걸어가 자취를 감추어 버렸다. 병원 앞에는 철 지난 목련꽃이 피어 있었다.

나는 정처 없이 거리를 배회했다. 후덥지근한 아침이었다. 아스팔트에서 김이 피어났다. 보리수 꽃가루의 수지가 보도에 들러붙어 끈적였다.

나는 돌로 포장된 오르막길에서 구토를 했다. 벽에 몸을 지탱하고 있는데 뒤에서 걸어오던 히틀러유겐트 복장을 한 잘생긴 젊은이가 얼른 다가오더니 손으로 내 어깨를 짚으며 괜찮냐고 물었다.

생각에 잠겨 하염없이 걷던 나는 슈프레 강까지 가버렸다. 나무를 모으는 한 여자에게 의회가 어느 쪽이냐고 물어서 그랜드 호텔까지 걸어왔다. 어느 순간 콤비 주머니에 손을 넣어보니 종이가 잡혔다. 스텔라가 적어 넣은 쪽지였다. '내 안식처가 되어 주어서 고마워.'

호텔에 도착하자 땅거미가 지고 있었다. 엘리베이터에서 외팔이 엘리베이터맨을 만났다.

"하일 히틀러, 미스터."

"그런데 팔은 어떻게 하다 잃으신 거예요?"

엘리베이터맨은 자세를 똑바로 했다. 목이 더 길어졌다.

"폴란드에서 포탄 세례를 받았죠. 제2 낙하산 연대였어요. 우린 폴란드 놈들을 습격했는데, 유탄이 관통했어요."

"세상에나."

"이 정도야 뭘요."

나는 입을 다물었다.

내가 엘리베이터에서 내리기 전에 그가 말했다.

"아, 한 가지 더 말씀드려도 된다면…."

"네."

"잃었다는 건 잘못된 말이고요. 팔을 바친 거죠."

스텔라는 아침마다 왔다. 그녀가 옆에 누워 내 팔을 자기 위로 끌어다 올려놓을 때에야 나는 그녀가 온 걸 알아챘다.

"어떻게 됐어?" 내가 물었다.

간단한 말. 그러나 죽음이 그 안에 숨겨져 있었다.

"나 혼자서 해야 해. 사랑하는 프리츠, 제발 내게 더 이상 묻지 마."

내게 상처 줄 수 있다고 생각될 때면 그녀는 나를 "리버 프리츠(사랑하는 프리츠)"라 불렀다. 나는 그녀의 머리 위에 내 얼굴을 올려놓았다. 그녀는 내 뺨을 어루만졌다. 거짓말을 하고 싶지 않아서 나는 한참을 가만히 있었다.

"스텔라?" 어느 순간 내가 불렀다.

"음."

"네 이름 말야?"

"그게 뭐?"

"북극성 이름을 딴 거야(북극성을 라틴어로 '스텔라 폴라리스'라고 부른다―옮긴이)?"

그녀는 잠깐 망설이더니 "아냐."라고만 대답했다.

나는 그녀의 등에 몸을 기대고 잠이 들었다.

햇살이 비추기 시작하자 그녀는 나를 더듬어 깨웠다. 그러고는 내가 채 깨기 전에 내 몸 위에 앉았다. 숨을 몰아쉬던 그녀가 내 가슴 위에 눈물을 떨구었다. 몇 분 뒤 흐느끼는 소리가 들렸다.

"나를 버리지 마." 그녀가 내 귀에 대고 말했다.

나는 고개를 흔들며 그녀의 눈물에 키스를 했다.

"약속할게."

"날 떠나지 마."

나는 그녀의 눈을 바라다보았다.

"결코 떠나지 않을게. 맹세해." 내가 대답했다.

해가 떠올랐을 때 스텔라는 씻으러 욕실로 갔다. 내가

도와주려고 했지만, 그녀는 혼자 할 수 있다고 말했다.

나는 방에서 침대 시트를 벗겨냈다. 내 머릿속에 앞으로
의 계획이 서서히 떠오르기 시작했다. 그녀의 피가 매트리
스에 스며 있었다.

65. 사례: 치글러

증인: 에르나 엘렌

증인인 에르나 엘렌은 역시나 불법으로 거주하고 있는 자신의 조
카 에디트 치글러를 울란드 가의 지하철역에서 만났다. 그런데 피
고가 갑자기 그 둘에게 다가오더니 에디트 치글러에게 따라오라
고 요구했다. "빨리 가자. 넌 수용소에 가야 해. 그렇지 않으면 게
슈타포를 데려온다." 에디트 치글러가 떠나면서 "그 스텔라예요."
라고 외쳤을 때에야 증인 엘렌은 그 여자가 누군지를 알았다. 엘
렌은 에디트 치글러가 그로세 함부르거 가로 실려 가서 나중에 아
우슈비츠에서 죽임당했다고 증언한다.

B1, I/162-163

B1. I/ 16, 38, 182-184

1942년 7월. 독일인들은 벨라루스 슬로님의 게토(유대인 거주 지역)에 거주하는 1만 명 이상의 주민을 몰살한다. 제국교육부의 지시로 1/2유대인은 더 이상 하우프트슐레(중등학교, 인문계인 김나지움이나 레알슐레에 진학하지 않는 학생이 다닌다), 미텔슐레 Mittelschule(중등과정 실업학교로 1963년 이후 레알슐레Realschule로 이름이 바뀜) 이상의 상급학교에 진학하는 것이 금지된다. 1/4유대인의 입학은 계속 허용된다. 뮌헨에서 680명의 미술가가 참여한 제6회 독일 미술대전이 열린다. FC 샬케 04가 비엔나 빈을 상대로 2대 0으로 승리하여 독일 축구선수권 대회에서 여섯 번째로 우승을 거머쥔다. S. 피셔 출판사는 게르하르트 하우프트만의 탄생 80주기를 맞아 그의 전집을 발간하기로 한다. 로열 에어포스(영국 공군)의 랭카스터 폭격기 44대가 단치히에 폭격을 퍼부어 90명이 사망한다. 요제프 괴벨스 박사가 창안한 나치 십계명 중일곱 번째 계명은 다음과 같다. "독은 독으로 다스리라. 정당한 권리를 박탈당할 때 가만히 있으면 권리를 쟁취할 수 없다. 움직여야만 한다." 아돌프 히틀러는 몇 달간 그의 사령부를 동프로이센에서 우크라이나로 옮긴다. 그 즈음에 지어진 사령부는 '베르볼프Werwolf'(늑대인간이라는 뜻)라 불린다. 하인리히 힘러는 그의동료들에게 인간과 동물을 대상으로 하는 실험에 아우슈비츠 수용소 수감자들을 활용할 수 있다고 알린다. 이런 실험의 일환으로 뢴트겐 전문가 홀펠더 교수는 X선 조사를 통해 하등한 민족의멍청한 남자들을 어느 정도로 거세할 수 있을지 시험한다.

우리는 이른 시간에 너무 많이 마셨다. 기쁠 일도 없는데 우리는 노란색 살롱Gelber Salon에서 춤을 추었다. 나는 스텔라의 부모를 생각했다. 스텔라는 종종 내 셔츠를 다림질하며, 어깨 이음 부분에 정성을 기울였다.

나는 장미꽃 모양 장식이 달린 아버지의 보석함을 그녀에게 선물했다. 그 전에 나는 보석함의 가장자리를 시계 반대 방향으로 세 번 쓰다듬었다.

우리는 해질녘 슈프레 강가로 갔다. 나는 전보다 말수가 줄어들었고, 웃음의 절반은 가식이었다. 스텔라는 초콜릿을 더 많이 먹었다.

약국에 가서 페르비틴에 대해 알아보았다. 페르비틴은 10개들이 한 갑에 2제국마르크였다. 젊은 여성 약사는 동그란 안경을 쓰고 머리를 포니테일로 묶고 있었다.

"뭐 좀 여쭤봐도 될까요?" 나는 진열장의 페르비틴 상자들을 가리켰다.

"네, 얼마든지요."

"이게 정확히 어떤 효과를 내죠?"

"피곤과 배고픔, 통증을 억제해 줘요. 황소처럼 기운이 센 듯한 기분이 되죠."

"위험한가요?"

"보기 나름이죠."

"중독성이 있나요?"

"네."

"당신을 바꿔 놓나요?"

"나를요?"

"그러니까 복용하는 사람을 바꿔 놓느냐고요."

"국방군이 템러 사에 100만 일분을 주문했어요. 그걸로 보면 아주 나쁘지는 않을 거예요. 얼마나 원하시죠?"

나는 5갑을 산 뒤 꽃가게에서 가져온 리본으로 정성스레 묶었다. 스텔라에게 그걸 주자 그녀는 손바닥으로 내 이마부터 감은 눈꺼풀을 거쳐 턱까지 어루만졌다.

이 즈음 스텔라는 종종 혼자 있을 시간이 필요하다고 말했다. "나를 다시 찾아야 해."라면서. 그녀는 시내로 나가서 밤에 호텔로 돌아왔다.

"뭘 했어?" 내가 물었다.

"별 거 안 했어."

다시 한참을 침묵하던 그녀가 물었다.

"나 믿지?"

나는 고개를 끄덕였다.

그녀는 혼자 극장에 가고, 도이체 오퍼Deutsche Oper(오페라, 발레, 뮤지컬 등을 상연하는 극장)에 가서 〈마술피리〉도 보았다. 나는 그녀에게 돈을 주었다. 그녀는 '새잡이의 멜로디'를 흥얼거렸다. 한번은 파파게노와 파파게나가 서로 만나서 다행이라고 말했다 두 몬스터가 서로를 알아봐서 좋다고 했다.

나는 그녀가 자유롭게 살아가는 편이 좋은 거라고 생각하려 애썼다. 때로 나는 베를린 순환철도인 링반Ring-bahn을 타고 다니며 시간을 죽였다. 저녁에는 창가에 앉아 거리를 바라보며 시오마 쉔하우스를 생각했다. 스텔라는 혼자서 해야 한다고 고집했다. 하지만 그건 맞지 않는 말이었다.

28, 29. 사례: 아브라함 & 모리츠 차위트만

증인: 1. 아브라함 차위트만

2. 모리츠 차위트만

불법으로 살아가는 차위트만 부부는 아들, 딸과 함께 운터 덴 린덴 국립 오페라하우스에 갔다. 부부와 자녀는 공연 중에는 떨어져 앉았다. 공연이 끝난 뒤 피고는 아들 모리츠의 외투 벨트를 잡으면서 "차위트만 씨시죠."라고 했다. 모리츠 차위트만은 피고의 손을 뿌리치며 뺨을 한 대 갈기고는 도망쳤다. 피고는 뒤에서 이렇게 소리쳤다. "잡아! 유대인이야!" 그러자 행인들이 그를 쫓아가 머리채를 잡아서는 오페라하우스로 끌고 왔다. 피고는 그곳에서 롤프 이작스존, 그리고 경관 한 사람을 대동하고 서 있었다. 아내와 함께 이미 오페라하우스에서 도망쳤던 아버지 아브라함 차위트만은 군중의 소요로 인해 되돌아와 롤프 이작스존에게 "우리는 범죄자가 아니다, 우린 유대인이다."라고 소리쳤다. 아브라함과 모리츠 차위트만은 그로세 함부르거 가로 이송되었다. 수용소장 도베르케가 이들을 심문하는 과정에서 차위트만 부인의 소재를 묻자, 그 자리에 있던 피고는 아브라함 차위트만에게 "당신 부인도 보았어요. 그녀도 여기에 있을 거예요."라고 했다. 아브라함과 모리츠 차위트만은 2주 뒤 탈출에 성공했다.

··

　호텔 바에서 한 손님이 로열 에어포스(영국공군)가 베를린을 잿더미로 만들어버릴 거라고 말했다. 로비와 복도에는 이 도시를 떠나려는 호텔 손님들의 트렁크가 줄줄이 세워져 있었다.

　7월의 어느 밤, 덥고 습한 나머지 우리는 잠을 이루지 못했다.

　"좀 나갔다 오자." 스텔라가 말했다.

　우리는 바람막이 점퍼를 들고 호텔을 나섰다. 토르 가의 한 술집에서 노랫소리가 새어 나왔다. 짙은색 제복을 입은 한 무리의 군인들이 그곳에서 술을 마시고 있었다.

　내 손을 잡고 있던 스텔라가 "들어가 보자." 말했다.

　나는 가만히 서 있었다.

　"노래 부를래." 그녀가 재촉했다.

　안쪽은 사람들의 입김으로 유리가 축축했다. 전기가 끊겨 온 도시가 칠흑같이 어두웠다. 석유 램프가 공간을 밝히고, 불빛이 밖으로 새어 나가지 않도록 창마다 마분지로 가려져 있었다. 몇몇 군인들은 점퍼를 벗고는 속옷 바람으로 바에 기대어 있었다. 이른 저녁 모두 함께 이발하고 온 듯한 모습이었다. 왼쪽 팔뚝 안쪽에 각자의 혈액형이 문신으로 새겨져 있었다. 물컵으로 짙은 색깔의 버무스 주를 마시는 젊은 여성들도 많았다. 바 안쪽에서는 머리를 딴 아가씨들이 서빙을 하고 있었다.

스텔라는 한 아가씨에게 이 남자들이 누구냐고 물었고, 뺨이 반짝거리는 그 아가씨는 그들이 SS−기갑사단 비킹(바이킹이라는 뜻)이라며, 내일 아침 일찍 전선에 나간다고 말해주었다. 공기 중에선 시큼한 땀냄새와 아가씨들이 뿌린 인공 재스민 향이 났다.

스텔라는 바텐더에게로 가서, 베를리너 킨들(베를리너 킨들 필스너 맥주) 두 잔을 주문했다. 우리는 바짝 붙어 서서 말없이 맥주를 마셨다. 맥주에서 세제 냄새가 났다. 전쟁통에 생산되는 맥주로, 맥즙이 적게 들어 있었다.

"이리 와, 이제 여기서 좀 즐겁게 보내자." 스텔라가 말했다. 때때로 남자들 중 하나가 노래를 불렀다. 이미 군인들을 많이 보아온 터지만, 이 군인들은 달랐다. 그들은 더 많이 마시고, 더 크게 떠들었다. 모두가 나보다 몸집이 컸고, 제복은 어두운 색깔이었다. 스텔라는 노래를 따라 불렀다. 술집 안이 아주 시끄러웠다.

"러시아인 하나에 한 방씩 먹이고, 유대인을 몰아내자."

한 군인이 저음의 취한 목소리로 그렇게 노래를 불렀다.
잘생기고 온화해 보이는 모습이 알프스 몽블랑에서 젖소
를 기를 것 같은 분위기였다. 오른쪽 쇄골 아래에는 몇몇
그리스어 철자가 새겨져 있었다. 고대 그리스어 실력은 안
좋지만, 나는 그 문장에 얽힌 역사를 알았으므로 읽을 수
있었다. "몰론 라베Molon Labe('Come and take it'이란 뜻)."

유대인이라는 가사가 나오자 스텔라는 소리 내어 웃으
며 잔을 들었다. 남자 중 하나가 "승리!"를 외치며 팔을 위
로 뻗었다. 스텔라도 "승리!"라고 외쳤다.

그리스어 철자를 문신한 군인이 바에서 코른브란트 두
잔을 주문해서 스텔라와 건배를 하고는, 내게는 들리지 않
게 스텔라의 귀에 뭐라고 속삭였다. 스텔라는 웃었고, 그
는 코른을 더 주문했다. 내게는 잔을 주지 않았다.

스텔라는 나를 등진 채 그를 바라보고 있었고, 문신한
군인은 스텔라의 어깨 너머로 나를 바라다봤다.

처음엔 의식하지 못했는데 호리호리한 청년이 내 옆에
서 있었다. 손에 탄산이 들어간 미네랄워터 한 잔을 들고
있었다. 기껏해야 스무 살 정도일까. 군복을 입지 않고, 성
기게 짠 리넨 셔츠 차림에 단정하게 옆 가르마를 타서 포
마드를 바른 깔끔한 헤어스타일을 하고 있었다. 그는 팔꿈

치로 부드럽게 내 옆구리를 찌르며 가깝게 몸을 굽히고는 이렇게 물었다. "네 여자친구야?"

나는 고개를 끄덕였다.

"저 녀석은?"

"난 잘…, 아마 군인일 거야." 내가 말했다.

내 옆에 선 남자가 미소를 지었다.

"내가 말해줘?"

그는 작고 창백했다. 그가 물을 든 왼손을 광대뼈 높이로 올렸다.

"난 베를린 웰터급 챔피언이야."

문신한 남자가 다시 스텔라에게 다가가고 있었다.

"복서?" 내가 물었다.

"예전에. 공식적인 시합은 더 이상 하지 않아."

"왜 안 해?"

"하면 안 돼."

그의 표정에서 고통이 엿보였다.

"난 프리츠라고 해." 내가 인사하며 그의 손을 잡았다.

"노아." 모두가 들을 수 있을 정도로 큰 소리로 그가 말했다.

나는 깜짝 놀랐다. 문신한 군인이 스텔라의 허리에 손을 두르고 있었던 것이다. 갑자기 열이 나고, 속이 타들어 가는 기분이었다.

"그런 이름은 큰 소리로 말하지 않는 게 좋을 텐데."

"왜 안 돼?"

술집의 나무 천장 구석에 곰팡이가 피어 있었다.

"나도 그들 중 하나일 수 있으니까." 내가 대답했다.

"하지만 넌 아니야."

순간 그의 입술이 내 귓불을 스쳤다. 그는 그 정도로 내게 다가와 서 있었다. "열등인종(유대인을 가리킴)이 복싱하는 거 한번 볼래?"

그는 내게 미네랄워터가 든 컵을 건넸다.

그가 천천히 셔츠의 소매를 팔꿈치까지 걷어 올렸다. 조심스럽게 한 단 한 단 접어 나갔다. 아래쪽 팔뚝에 혈관이 어두운 색깔로 도드라진 게 보였다. 그는 허리띠를 풀어서 한 구멍 안쪽으로 다시 맨 뒤, 목을 좌우로 꺾더니 발 자세를 바꾸어 왼발을 약간 앞으로 내밀고는 발바닥의 볼록한 부분에 체중을 실었다. 그런 다음 엄지손가락을 바지의 허리띠에 넣고 문신한 군인에게로 다가갔다.

노아는 말을 하지 않았다. 스텔라의 엉덩이에 두 손을 댄 군인에게 손이 닿을 수 있는 거리까지 가자 마치 머리카락을 정돈하려는 듯 손바닥을 편 채 두 손을 머리 옆쪽으로 올렸다. 그런 다음 체중을 뒤로 싣고는 경고 없이 스텔라의 머리를 스쳐 문신한 남자의 얼굴로 오른손 펀치를 날렸다. 순간 젖은 풀에 무거운 돌이 떨어지는 듯한 소리가 났다.

그 군인은 뒤로 쓰러져서 머리를 바닥에 찧고는 일어나지 못했다

곧장 대여섯 명의 군인이 노아 쪽을 쳐다보았다. 노아는 이미 문 쪽으로 걸어가고 있었다. 빠른 걸음이었지만, 서둘지 않았다. 한 병사가 그를 막아섰다. 노아는 그에게 다가갔다. 그 병사가 노아를 향해 주먹을 휘둘렀을 때 노아는 거의 보이지 않게 상체를 움직여 군인의 주먹이 가까스로 자신의 머리카락만 스쳐 가게끔 했다. 그러고는 계속 갔다.

길 쪽으로 난 문 앞에 이르렀을 때 노아는 몸을 돌려 나를 바라보았다. 우리는 서로 눈을 마주쳤다. 나는 이 순간을 두고두고 기억하게 되리라고 생각했다. 지금도 나는 때로 힘이 필요할 때면 그 순간을 떠올린다. 노아와 그의 회색 눈을 생각한다. 그의 가르마는 단정했다.

군인 중 하나가 그에게로 덤벼들자 노아는 레프트 훅을

날려 그를 가볍게 주저앉혔다. 그 군인은 노아 앞에 무릎을 꿇고 가만히 엎드려 있었다.

노아는 인사 없이 나갔고, 군인들이 그를 뒤쫓아 달려나갔다. 나는 그가 잘하리라는 걸 알았다.

스텔라는 내 손을 잡았다.

"저 사람 누구야?"

"어째서 저 자가 네 몸에 손대게 내버려 둔 거지?"

"나를 풀어주려고 그를 보낸 거야?"

"넌 내 여자야 스텔라. 나 말고 아무도 네게 손을 대서는 안 돼."

스텔라는 두 팔을 들어올려 내 목에 둘렀다. 많이 취해 있었다.

"어째서 그렇게 했어?" 내가 다시 물었다.

"어째서? 어째서? 아, 좀 그냥 삶을 즐기면 안 돼? 근데 그 남자, 누구였어?"

"노아였어."

나는 스텔라의 손을 잡아 술집 밖으로 이끌었다. 이기지도 않고 승자가 된 기분이었다.

토르 가 보도를 걸어 호텔로 돌아갈 때 스텔라가 나를 쳐다보지 않고 물었다. "노아?"

"응."

"유대인?" 그녀가 말했다.

"친구." 내가 답했다.

••

24. 사례: 사무엘

증인: 파니 사무엘

1942년 증인 파니 사무엘은 팔츠부르거 가에 있는 유대인 티켓 취급소에 갔다. 그곳에 있던 피고는 그녀의 가사 티켓을 손에서 빼앗고는 문을 닫으며 남아 있으라고 했다. 증인이 이의를 제기하자 피고는 신분증을 보여주었는데 그곳에는 "미스 골트슐라크는 유대인 문제에서 조치를 취할 권한이 있다. 관청은 그녀를 뒷받침할 것이 요망된다!"고 적혀 있었다. 신분증 뒷면에는 증명사진과 관청의 직인이 찍혀 있었다. 증인인 사무엘은 티켓 취급소장의 중재로 다시금 풀려났다. 그녀가 '아리아인'이었기 때문이다. 티켓 취급소에 있던 서너 명의 다른 유대인 여성들은 이미 연행되었다.

Bl. I/II/20

••

그녀에게 내 계획을 이야기하자 그녀는 손바닥으로 내 따귀를 때렸다. 생각보다 훨씬 아팠다.

"다시는 나를 놀리지 마." 그녀는 그렇게 말했다.

나는 입술 안쪽에서 나오는 피를 빨아먹고는, 고개를 숙인 채 한 대 더 때리기를 기다렸다.

"에고, 진짜." 그녀는 거듭 탄식하며 방안을 이리저리 왔다 갔다 했다.

얼마 뒤 그녀가 멈춰 서서 내 뺨에 손을 대었다. 그녀의 손이 다가왔을 때 한순간 나는 움찔했다.

"아주 빨개졌네." 그녀가 말했다.

"상관없어."

"아팠어?"

나는 그녀의 이마에 키스를 했다.

"어쩌면 그렇게 해야 할지도 몰라. 하지만 수용소장 도베르케는 네가 감당할 수 있는 사람이 아니야. 프리츠."

아버지가 프랑켄 지방 출신의 친한 기업가와 이야기를 했다. 속달 배달원이 편지가 담긴 봉투를 가지고 왔다. 편지에는 바이센부르크의 한 직조공장에서 토니와 게르하르트 골트슐라크를 필요로 한다고 적혀 있었다. 능력 있는 맞춤옷 재단사가 필요하다면서. 봉투 안의 발신기관 란에 하켄크로이츠가 그려져 있고, 중부 프랑켄 지방의 대관구 지도관(나치시대 그 지역을 대표하는 관리)이 서명한 짧은 편지도 하나 들어 있었다.

택시가 그로세 함부르거 가로 진입할 때 내 몸은 떨리고 식은땀이 솟았다. 나는 뺨의 흉터를 연신 손으로 문질렀다. 열린 창문을 통해 바람이 들이쳐 머리칼이 나부꼈다.

그로세 함부르거 가는 골목에 가까웠다. 차 두 대가 동시에 지나갈 수 없을 정도로 좁았다.

스텔라는 내게 수용소가 구둣집 옆, 밝은 색깔의 육중한 건물에 있다고 말해주었다. 전에 유대인 양로원으로 사용하던 곳이라는데 이젠 지하실을 감방으로 쓴다고 했다. 너무 추워서 수감자들이 밤에 잠을 못 잘 지경이라고, 새벽 여명이 밝을 때까지 서로 몸을 붙인 채 뱅글뱅글 돌며 몸에 열을 낸다고 했다.

입구 옆에는 'Feinstein und Soehne'이라는 로고가 박힌 가구 차가 세워져 있었다.

경비원이 신분증을 요구했고, 내가 스위스 여권을 내밀자 경례를 붙였다. 이런 일은 심심치 않게 일어났다. 많은 독일인들은 나를 어느 서랍에 분류해야 할지 알지 못했고, 이 즈음에는 공연히 애먼 사람의 화를 샀다가 생명이 위험할 수도 있었기에, 제복을 입은 자들은 종종 최대한 존대함으로써 스스로를 보호하고자 했다. 경비원은 긴 복도를 따라 도베르케의 방으로 나를 안내해주었다.

도베르케는 사무실의 테이블 앞에 앉아 있었다. 탄탄한 근육질의 남자였다. 머리 양쪽을 면도한 뒤 가운데로 가르마를 타고 있었다. 보조개가 그가 잘 웃는 사람임을 드러내 주었다. 반면 다크 서클과 얇은 피부는 술을 많이 마시며 수면이 부족하다는 걸 드러냈다. 뺨의 모공이 엄마를 연상시켰다.

도베르케는 목 부분이 조이는 셔츠를 입고 있었다. 오른쪽 귀가 왼쪽 귀보다 더 컸고 홍채 색깔이 드물게 밝았다.

도베르케 앞의 탁자에는 맑은 액체가 든 우유병과 유리컵 두 개가 놓여 있었다. 도베르케의 맞은편에는 간호복 차림에 새하얀 캡을 쓴 젊은 여성이 앉아 있었는데 내가 들어가자 미소를 지었다. 사무실 안에서는 무기에 칠하는 윤활유 냄새와 카슬러(돼지고기를 소금에 절여 훈제한 것) 냄새가 났다. 떨고 있다는 걸 들키지 않기 위해 나는 손을 뒷짐 지었다.

"아, 놀랍군. 기막힌 우연일세." 도베르케가 말했다.

그는 자신의 재킷 윗주머니에서 카드 뭉치를 꺼내 테이블 위에 딱 소리를 내며 놓았다. 카드들 뒷면에는 작은 올빼미들이 인쇄되어 있었다.

"마침 한 사람이 부족하던 참이었어."

나는 할 수 있는 한 차려 자세로 섰다.

"수감자인 골트슐라크 부부 건으로 왔습니다. 여기 편지가 있는데요."

"가만. 일단 한 잔 하고, 한 판 땡기자고요."

도베르케는 살짝 혀꼬부라진 소리로 웅얼거리며 간호사에게 고개를 까닥해 보였다.

"잔." 도베르케가 말했다.

간호사가 얼른 일어나서 장으로 가더니 잔을 하나 꺼냈다. 유리잔들 위 칸에는 황소의 음경이 문 쪽을 향해 놓여 있었다.

간호사가 탁자에 유리잔을 놓을 때 도베르케는 뒤쪽에서 그녀의 오금에 손을 올리고는 한동안 그대로 있었다.

"여기 엘리는 베를린 전체에서 밀주 칵테일을 가장 잘

만들어. 젊은이에게도 비법을 알려줘요."

엘리라 불린 여성은 계속 미소를 지으며, 도베르케가 오금에 올린 손은 모르는 척 했다.

"도미니크 수도원에서 100퍼센트를 가져와서 설탕을 퍼넣으면 돼요." 그녀가 킥킥대며 말했다.

나는 테이블 앞에 앉았다. 도베르케는 재킷 주머니에서 천에 싼 베이컨을 꺼내 두껍게 썰었다.

"전쟁 전의 품질이지." 그는 말했다.

"좋네요." 나는 그렇게 대답했다.

도베르케는 내 쪽으로 카드 더미를 밀었다.

"우리는 돈을 걸지 않고 스카트Skat(독일 사람들 사이에서 가장 인기 있는 카드게임)를 해. 까삐또('알아들었지?'라는 이탈리아어—옮긴이)?"

나는 한 번도 스카트를 해본 일이 없었다.

"스위스에서는 야스Jass(스위스의 카드놀이)를 합니다만." 내가 말했다.

도베르케는 침묵했다. 마치 낮은 음성을 들으려는 것처럼 잠시 눈을 감았다. 간호사는 의자에 앉아 이리저리 몸을 움직이며 나를 쳐다보았다. 경고의 눈빛인지도 몰랐다. 경멸의 눈빛일 수도 있었다. 도베르케가 눈을 떴다.

"까-삐-또?" 도베르케는 다시금 물었다. 한 음절 한 음절 강조를 했다.

나는 카드를 섞었다.

언젠가 빈에 갔다가 포르알베르크의 한 숙박업소에서 하룻밤 묵었을 때 슈타이거러Steigerer라는 이름의 카드게임을 한 적이 있었다. 당시 그것이 독일 사람들이 하는 카드게임과 비슷하다는 말을 들었다. 나는 카드를 어떻게 배분해야 할지 몰라, 계속 섞기만 했다.

"섞다가 한 사람 죽어 나가도 모르겠다. 외벨겐네에서 정말로 그런 일이 있었어." 도베르케가 그렇게 말하며 손바닥으로 테이블을 내리치고는 웃었다. 간호사는 웃지 않았는데 도베르케는 그것이 거슬리지 않는 듯했다.

나는 각 사람에게 세 장씩 돌렸다. 도베르케는 그것을 받고는 이빨 사이로 휘파람을 불었다. 나는 간호사가 두 손가락으로 한번 잠시 테이블 가장자리를 툭 치는 것을 보았다. 나는 두 장을 테이블 위에 놓았다. 그러고는 나머지를 다시 배분했다. 도베르케는 다시 휘파람을 불더니 "18."이라고 말했다. "십! 팔!" 모든 음절에 느낌표가 붙기라도 한 것 같았다.

"패스." 간호사가 말했다.

두 사람은 나를 바라보았다. 간호사는 알 듯 모를 듯하게 오른쪽으로 고개를 까닥했다.

"패스." 내가 말했다.

도베르케는 미소를 지으며 입을 커다랗게 벌렸다.

"그랜드 핸드Grand Hand!" 도베르케가 그렇게 외쳤다. 그러고는 자신의 왼손 집게손가락으로 간호사의 오른쪽 가슴을 누르며 고개를 앞으로 숙이고 이렇게 말했다. "그랜드에서는 에이스를 내. 아니면 입 닥쳐."

"네네, 대장님." 간호사는 그렇게 대꾸했다. 그러고는 하트 숙녀Herz Dame를 냈다. 나도 하트를 내었다. 도베르케가 이겼다. 곁눈질로 보니 간호사가 칵테일을 한 모금 꿀꺽 들이키는 것이 보였다. 칵테일은 시럽처럼 달콤했고, 마르멜루 맛도 조금 났다. 넘길 때 목이 타는 느낌이었다.

"독일 잠수함 유보트를 위하여." 도베르케는 그렇게 외치며 잔을 들었다.

우리는 서서 건배하고는 앉아서 계속 카드게임을 했다. 조용한 게임이었다. 한동안 카드를 다루는 소리와 도베르케의 배가 꾸르륵거리는 소리, 술잔이 나무 테이블에 놓이는 소리밖에 안 들렸다. 침묵이 흘렀다. 도베르케가 칼로 베이컨을 썰 때조차 아무 소리도 나지 않았다. 그가 칼날을 핥는데 노크 소리가 나고 경비원이 문을 열었다.

"준비 다 됐습니다."

도베르케는 미소를 지으며 이빨 사이로 공기를 들이마셨다. 그러더니 "람바잠바Rambazamba."라고 중얼거리고는 잔을 비운 뒤 경비원과 함께 방을 나갔다.

간호사와 나는 테이블을 사이에 두고 마주 보았다.

"람바잠바가 무슨 뜻이죠?"

그녀는 조용히 숨을 골랐다. "무슨 뜻이냐고요? 음…, 이제 한 남자를 쇠지렛대로 팬다는 말이에요. 보통은 한 대면 돼요."

나는 그녀의 얼굴에서 표정을 읽을 수가 없었다.

"당신들은 연인 사이인가요?" 내가 물었다.

그녀는 다시 한번 숨을 들이쉬고는 미소를 지었다. 그녀의 피부에서 분 냄새가 나는 듯했다. 그녀는 내 질문에 대답하는 대신 생각에 잠긴 표정으로 칵테일을 조금 홀짝였다. 내가 칵테일을 한 잔 더 따르자 그녀가 말했다. "참담한 연극배우로군요. 베이컨 좀 들어요. 그렇지 않으면 순식간에 취하게 될 거예요."

"연극배우라뇨?"

"왜냐고요? 입술을 시종일관 떨고 있잖아요."

나는 입술을 깨물었다. 그녀는 내게 베이컨이 놓인 보드를 밀었다. 나는 그녀에게로 보드를 도로 밀었다.

"카드게임 때 도와줘서 감사합니다."

"나는 아무도 돕지 않았어요." 그녀는 베이컨이 놓인 보드를 내려다보며 계속했다. "난 돼지고기를 먹지 않아요(유대인이라는 말─옮긴이)."

도베르케가 돌아왔다. 재킷을 팔 위에 걸치고, 셔츠 소매를 걷어붙인 채였다. 관자놀이에 땀방울이 송글송글 맺히고, 목에서는 혈관이 불끈불끈 맥동했다. 오른손엔 가죽 장갑을 끼고 있었다.

"어째선지 나는 유대인들도 좋아요." 그렇게 말하며 그는 간호사의 목에 키스를 하고는 내게 고개를 끄덕였다. 그러다 칵테일을 마시고, 건배하는 포즈로 잔을 들었다. "유대족은 뒈질지어다."

"건배."

그는 나를 쳐다보았다.

"그런데 이 작자는 용건이 뭐였지?"

나는 의자 등받이에 걸어놓았던 코트 주머니에서 편지를 꺼냈다.

"저는 단지 심부름을 하는 겁니다" 나는 편지를 도베르케에게 내밀었고, 그는 읽었다.

아직도 거짓말을 하던 느낌이 생생하다.

"이 따위 일은 잊어버리게." 도베르케가 다 읽기도 전에 그렇게 말했다.

"잠시만요. 나의 의뢰인이 조국에 대해 봉사하는 소장님의 마음을 물자로 지원하고 싶다고 전하라 하셨어요."

"먹물처럼 돌려 말하는 거 그만하고. 단도직입적으로 무슨 말이지?"

"폐를 끼쳐드리는 것에 대한 보답으로 소장님께 5리터의 럼주와 6파운드의 베이컨을 보조하고 싶어요. 프랑크 베이컨 말이에요. 밤메를Wammerl(돼지 뱃살로 만든 베이컨)."

나는 콤비를 통해 땀이 배어 나올 정도로 땀을 흘렸다.

"그게 뭐지?" 도베르케가 물었다.

"밤메를. 저온 훈제 베이컨입니다."

왜 그 순간 그 아이디어가 떠올랐는지 모른다. 베이컨은 미리 생각해 두긴 했었지만, 어떻게 프랑크 산 베이컨을 떠올렸는지는 알지 못한다.

"밤메를이라…."

도베르케는 자신의 잔에 또다시 술을 따랐다.

"독일 잠수함 유보트를 위해. 건배." 나는 잔을 들었다.

"잘로, 아나?" 그가 약간 나긋해진 목소리로 물었다.

"아뇨. 죄송합니다."

"동부지방 사람들은 베이컨을 '잘로'라고 부르지. 정말 맛있어. 렘베르크에 있는 독일 군수공장Deutsche Ausruestungswerke(2차 대전 당시 나치 친위대가 운영하던 나치 독일의 방위산업체)에 가서 먹었는데. 하얀색이고, 아주 고급이야. 한 달을 지하실 나무상자에서 숙성시킨다고 하더군. 혀에서 살살 녹아. 잘로는."

도베르케가 입맛을 다셨다.

"잘로." 간호사가 중얼거렸다.

"구할 수 있는 최고급 베이컨으로 마련해 드리겠습니다." 내가 말했다.

"아, 아가리 닥쳐. 십이야." 그가 말했다.

"뭐라고요?"

"십 파운드."

"구." 내가 받았다. 너무 호락호락 의심을 사지 않기 위해서였다.

"십. 협상은 그만둬. 유대 녀석아." 그는 나를 유심히 훑어보았다. 내 얼굴에 땀이 흘렀다. 도베르케가 가까이 다가왔다.

"왜 땀을 흘리지? 동무?"

이를 앙다물고 있었는데도 입술이 덜덜 떨려왔다.

"저는…."

"뭔가 이상하군. 아까도 이미 생각했지만"

"방이…."

나는 손바닥으로 이마의 땀을 닦았다.

"아까부터 느끼고 있었어. 여기 뭔가가 이상하다는 걸." 그는 그렇게 말하고는 한 손으로 간호사의 목을 잡았다. "이놈의 제기랄, 난방이. 다시 난방을 올린 거야?"

"죄송해요. 대장님." 간호사가 말했다. 도베르케는 간호사를 잡은 손을 놓지 않고 내 쪽을 쳐다보았다.

"십."

나는 도베르케에게 악수하려고 손을 내밀었다.

"십. 그렇게 하시죠." 내가 말했다.

"제길! 땀난 손으로 악수는. 이제 꺼지시라고."

나는 그에게 고개를 꾸벅하고는 방을 나서기 전에 간호사에게 몸을 살짝 굽혀 2초 정도 얼굴을 바라보았디.

리놀륨이 깔린 기다란 복도를 따라 출구 쪽으로 걸어갔다. 걸을 때마다 무릎이 덜덜 떨렸다. 뒤따라 오는 걸음 소리는 들리지 않았다. 그랬기에 누군가 내 어깨를 짚었을 때 소스라치게 놀랐다. 내가 뒤를 돌아다보며 방향을 돌리는 순간 서로 발끝이 닿을 정도로 간호사가 가까이에 와 있었다.

"같이 가시죠." 그녀가 말했다.

나는 고개를 저었다.

"같이 가요. 수감자들에게 데려다 드릴게요."

그녀의 얼굴 근육이 실룩였다.

"골트슐라크 부부에게요?"

"2분만요. 그 이상은 안 돼요"

우리는 계단을 올라갔다. 복도에는 낡고 조야한 그림들이 걸려 있었다. 독일 풍경을 담은 것들로 이 건물이 양로원으로 활용되던 때부터 걸려 있던 듯했다. 계단을 올라갈수록 땀과 오줌, 죽어가는 사람들에게서 나는 악취가 코를 찔렀다. 공간에 흐르는 정적이 충격으로 다가왔다. 고무바닥 위를 걷는 우리의 걸음 소리만 들릴 따름이었다. 나는 멈춰 서서, 간호사의 팔꿈치를 잡고 그녀만 들을 수 있는 작은 소리로 말했다.

"밖에 있는 가구 차 말예요."

"쉬잇." 그녀가 말했다.

"하지만 가구 차, 소문을 들었어요."

간호사는 땀에 젖어 이마로 흘러내린 내 머리칼 한 올을 넘겨주면서 나를 응시하고는 말했다. "이 나라에서는 이제 아름다운 이야기만 소문이에요. 추한 이야기는 모두 사실이고."

그녀는 내 겨드랑이 밑으로 팔을 넣어 나를 와락 끌어안더니 "달아나요. 이 바보."라고 귀에 대고 속삭였다. 그러고는 안을 때처럼 갑자기 나를 떼어놓은 뒤 뒤를 돌아보지도 않고 앞서 걸어갔다.

간호사는 경비원과 이야기했다. 경비원이 리스트를 보고 나서 벽에 걸려 있던 커다란 열쇠꾸러미를 집어들었다. 우리는 그의 뒤를 따라갔다. 복도의 모든 문에는 밖에서 쇠빗장이 채워져 있었다.

각 방은 20제곱미터 정도 크기였다. 그곳에 제대로 눕지도 못할 정도로 많은 사람들이 수용되어 있었다. 사람들이 우리를 쳐다보았다. 창문은 반쯤 벽으로 막혀 있었고, 유리창엔 쇠창살을 둘렀다. 몇 군데 방에는 바닥에 짚이 깔려 있었다. 방으로부터 탁하고 더운 공기가 훅 끼쳐왔다.

"골트슐라크!" 경비원이 방에 대고 소리쳤다. 경비원의 손에는 빗자루에서 대만 동강낸 것처럼 보이는 나무 몽둥이가 들려 있었다.

경비원이 소리를 지르자 방에 있던 사람들이 흠칫 놀라며 몸을 움츠렸다. 나지막이 웅얼거리는 소리가 들렸지만, 무슨 말인지 알아들을 수는 없었다. 작고 허리가 굽은 두 사람이 다른 사람들을 넘어 문 쪽으로 다가왔다. 손을 잡은 채였다.

스텔라의 엄마는 딸과 똑같은 밝은색 머리칼을 가지고 있었다. 골트슐라크 부부는 겨울 외투 차림으로 경비원 앞에 서서 바닥을 내려다보았다. 스텔라의 아버지는 뭐가 들었는지 모를 꼬질꼬질한 보따리 하나를 손에 쥐고 있었다.

"토니와 게르하르트 골트슐라크입니다." 아버지가 어깨 사이에서 고개를 빼면서 말했다.

"앞으로." 경비원이 명령했다. 적개심이 담기지 않은, 그냥 무료한 음성이었다.

골트슐라크 부부는 복도로 나왔다. 내가 어머니에게 손을 뻗자 그녀는 내가 때리기라도 할 것처럼 움찔 뒤로 물러났다.

"따님을 압니다." 내가 말했다.

부인은 시선을 들었다. 반면 스텔라의 아버지는 여전히 바닥을 내려다보며 "그들은…." 하고 입을 뗐다.

그의 바지 왼쪽 가랑이 부분이 검게 물들어 있었다.

부인은 몹시 여위어 목에 혈관이 다 도드라진 상태였다. 진전증(신체 일부가 규칙적으로 떨리는 증상)이 있는지 고개를 계속 가볍게 흔들었다. 블라우스 깃은 한때는 하얀색이었던 듯했다.

"스텔라." 그녀는 기어들어 가는 듯한 목소리로 불렀다.

"따님은 잘 지내고 있어요"

경비원은 옆에 선 채 계속해서 나무 몽둥이로 박자 맞춰 열린 빗장을 치면서 우리 이야기를 들었다. 골트슐라크 부인은 작은 목소리로 빠르게 말했다.

"스텔라에게 우리도 잘 지내고 있다고 전해 주실래요?"

"그럴게요."

"따뜻하게 지내고 있다고 말해주세요. 깨끗하고, 리넨 시트도 제공된다고."

그녀의 목소리가 갈라졌다.

"깃털을 채운 매트리스가 있고, 매일 오트밀과 약간의 버터가 나오고, 가끔은 라디오 프로그램도 듣는다고 말해주세요."

경비원이 소리 내어 웃었다. 송곳니가 빠져 있었다. 몽둥이가 빗장에 부딪혀 탁탁탁 소리를 냈다.

"그들은 우리에게서…." 골트슐라크 씨가 말했다.

방안에서 한 사람의 신음 소리가 났다.

스텔라의 어머니가 내 재킷의 소매를 잡았다.

"손 치워, 유대인." 경비원이 말했다. 목소리는 담담했
다. 그는 몽둥이로는 계속해서 빗장을 때렸다. 나는 리놀
륨 바닥에 떨어진 눈물방울을 보았다.

"스텔라에게 내가 여기에서 수채화 물감을 제공받는다
고 알려주세요. 아버지는 매일 그랜드피아노로 슈만을 연
주할 수 있고, 수용소장과 농담을 주고받는다고요. 그리고
우리가 곧 풀려날 거라고…."

"하지만 그건 거짓말이야." 남편이 끼어들었다.

"스텔라가 그 일을 그만두어야 해요." 어머니가 말했다.

"스텔라가…, 무얼요?" 내가 물었다.

경비원의 막대기가 빗장을 세게 두드렸다.

골트슐라크 부인의 때 묻은 뺨에 눈물이 흘러내려 밝은
자국을 남겼다.

"모르는구나." 그녀가 혼잣말을 했다.

탁탁탁.

"우리의 미래." 골트슐라크 씨가 말했다.

"가만히 있어요, 게르하르트."

"그들은 우리의 미래를 앗아 버리려 해요."

"이 분은 몰라요." 골트슐라크 부인이 말했다.

"제가 뭘 모른다는 건가요?"

그녀가 굳이 내게 말할 필요는 없었다. 사실은 처음부터 끝까지, 나는 그 일을 알고 있었다. 다만 내가 애써 생각하지 않으려 부정했을 뿐. 경비원은 미소를 지었다. 그는 몽둥이로 문을 치는 걸 그만두지 않았다. 탁탁.

나는 손으로 그 막대기를 잡고 꽉 쥐었다. 단 1초간.

다음날 나는 그랜드 호텔의 주방장에게 부탁해서 럼주 5병과 10파운드의 베이컨을 샀다. 베이컨은 프랑크 산은 아니었다. 가격은 비쌌다.

토니와 게르하르트 골트슐라크는 여전히 그로세 함부르거 가의 수용소에 수감되어 있었다. 도베르케는 약속을 지키지 않았다. 그는 그냥 제 맘대로 할 수 있었으니까.

스텔라는 밤에 자다가 잠꼬대를 했다. 즐겨 그랬듯 내 배에 몸을 밀착시킨 채 자고 있었는데, 자정이 훨씬 지난 뒤 "네슈메Neschume." 비스름한 말을 했다. 내가 잘못 들었거나 꿈을 꾼 걸지도 몰랐다.

••

22. 사례: 쿠르트 콘

증인: 쿠르트 콘

로젠탈러 광장을 지나던 쿠르트 콘은 갑자기 피고가 자신을 향해 다가오는 걸 보았다. 피고인이 유대인을 잡아가는 여자라는 걸 알고 있었기에 쿠르트 콘은 도망쳤다. 롤프 이작스존이 많은 사복 경찰을 데리고 그를 추적했고, 피고인은 전화부스로 들어갔다. 콘은 추적하는 사람들에게 붙들려 로젠탈러 광장으로 다시 끌려왔고, 그곳에서 국가비밀경찰(게슈타포)에게 체포되어 그로세 함부르거 가의 수용소로 이송되었다. 하지만 4개월 뒤 도주에 성공했다.

B1.I/ 162-163

BL. I/ 16, 38, 192, 184

1942년 8월. 공급 안정을 위해 독일의 농장에서는 소유권과 소유주의 교체가 금지된다. 특공대원들이 카르멜회 수녀인 에디트 슈타인을 아우슈비츠의 밀폐된 방에 들여보내고 방안에 치클론 B 가스를 채운다. 인도에서는 경찰이 저항운동가 마하트마 간디를 체포한다. 제6군 최고지휘관은 스탈린그라드에 대한 공격 명령을 내린다. 미국에서 영화 〈우먼 오브 더 이어Woman of the Year〉 (독일어 제목은 Die Frau, von der man spricht)가 초연된다. 스탈린그라드 근처에서 이탈리아의 기병 부대가 소련군을 공격해, 이 과정에서 많은 기병과 말들이 죽는다. 이것이 제2차 세계대전에서 기병대가 투입된 마지막 전투이다. 제약회사에서 페니실린이 제조되기 시작한다. 게슈타포는 베를린 저항조직 '붉은 오케스트라 Rote Kapelle'의 요원들을 체포한다. 이때 구금된 사람들의 다수가 플뢰첸 호수에서 처형된다. 요제프 괴벨스 박사가 정한 나치 십계명 중 여덟 번째 계명은 다음과 같다. "요란한 반유대주의자는 되지 말라. 하지만 그대는 베를리너 타게블라트Berliner Tageblatt(베를린 지역에서 발행되던 독일어 신문)를 멀리 하라." 세르비아 군정청장이던 하랄트 투르너Harald Turner는 "세르비아는 유대인 문제와 집시 문제를 풀 수 있는 유일한 나라"라고 보고한다. 바르샤바 게토(유대인 강제 거주지역)의 고아원장 야누슈 코르착은 자원해서 200명의 아이들과 함께 트레블링카의 수용소로 간 뒤 가장 어린 두 아이를 품에 안은 채, 아이들과 함께 가스실에서 세상을 떠난다. 하인리히 힘러는 '독일공군이 사용하는 회색'을 독일 소방차의 새로운 색깔로 정한다.

아버지는 한사코 스텔라를 한번 만나보겠다고 했다. 그리하여 빈까지 승용차로 와서 기차로 갈아탔다. 지난번 비행기를 탔을 때 비행기가 눈보라에 휩쓸렸던 데다가 활주로가 결빙되어 비상착륙을 해야 했기 때문이다.

기관차가 역 구내에 연기구름을 뿜었다. 우리는 호텔로 와서 아버지 방 소파에 앉아 아라크 주를 얼음물에 희석해 마셨다.

아버지는 이동 중에 미군이 곧 독일에 온다는 소식을 들었다고 했다. 나는 일어나서 아버지의 소파 옆에 무릎을 꿇었다.

"무서워요. 아빠."

"그녀를 사랑하니?"

"그런 것 같아요"

"나도 무섭구나."

우리 방으로 돌아가니 스텔라가 욕조에 물을 받고 있었다. 욕조 가장자리에 앉아 비키 바움의 책을 읽으며 얼음 넣은 샴페인을 마시고 있었다.

"아버지가 널 보고 싶어하셔."

스텔라는 내게 오래오래 키스를 했다.

"내가 실수라도 할까 봐 걱정이 되는데." 그녀가 말했다.

"걱정하지 않아도 돼."

"난 너처럼 품위 있게 말하지도 못한다고."

욕실 거울 아래 작은 돌 선반에 그녀의 쪽지 하나가 놓여 있었다. *'아직 나 사랑해?'*라고 적혀 있었다.

우리는 호텔 레스토랑에서 저녁식사를 하기로 했다. 식사는 좋았다. 배급 음식이었지만. 지하 포도주 저장고엔 아직 샤토네프 뒤 파프Chateauneuf du Pape가 남아 있었다. 수석웨이터가, 지하실에 프랑스 전쟁포로가 두 명 근무한다며 그들이 포도주를 병에 담는 일을 한다고 내게 말해준 적이 있었다.

아버지와 나는 바에서 기다렸다. 스텔라는 저녁 약속을

잊었는지 내가 턱시도를 입고 방에서 나올 때까지 옷도 입지 않은 채 화장대 앞에 앉아 있었다. 아내들이 욕실에서 너무나 꾸물거린다고 불평하는 남자들이 조금쯤 이해가 가려는 순간이었다.

아버지 말에 따르면 우리 집에서 일하던 일꾼 중 두 사람이 자원해서 국방군에 입대했다고 했다. 아버지는 또 가정부 아줌마가 그립다면서 "그녀가 할라빵(유대인들의 빵, 할라브레드 혹은 가닥빵이라고도 부른다─옮긴이)을 만들 때 꼭 마지막에 이디시어(유대인 투의 독일어)로 애가를 부르긴 했지만."이라고 덧붙였다. 우리는 그 말에 조금 웃었다.

"오렌지 있나요?" 아버지가 뚱보 프란츠에게 물었다.

"물론 있습지요."

"갓 짠 오렌지즙을 넣은 스크루드라이버Screwdriver(오렌지 주스가 들어간 칵테일 이름) 한 잔만 제게 만들어 주실래요?"

"알겠습니다." 프란츠가 말했다.

5분 뒤 프란츠는 시선을 내리깐 채 호텔 전체를 뒤져도 오렌지가 한 알도 남아 있지 않다고 말했다.

"죄송합니다. 전쟁이라서요. 있는 게 없네요."

그 순간 스텔라가 엘리베이터에서 내리는 게 보였다. 그녀는 짙은색 실크 드레스 차림에, 부르거 가에 다녀온 이래 처음으로 공식적인 자리에서 스카프로 머리를 가리지 않고 있었다. 조금 자란 머리칼을 물과 포마드를 사용해 단정히 옆가르마를 탄 모습이었다. 아버지는 의자에서 일어났다. 그녀가 고개 숙여 인사를 하자 한 걸음 앞으로 나가 그녀를 팔로 안아주었다.

"나의 딸." 아빠가 말했다.

자못 놀라는 스텔라의 시선이 느껴졌다.

"야지디 부족('야지디'라는 종교를 믿는 이라크 북부의 소수민족)의 공주 같군요" 아버지가 말했다.

"감사합니다." 스텔라는 되도록 베를린 사투리를 쓰지 않으려고 노력하는 듯했다.

"그리고 이 원피스는," 아버지는 그렇게 말하며 엄지와 집게손가락으로 허리 부분의 천을 만져보았다. "피렌체 산 실크인가요?"

스텔라가 순간 크게 웃으며 베를린 사투리로 "프리츠가 훔쳐왔어요."라고 하는 바람에 호텔 로비에 있던 두 남자가 우리 쪽을 돌아다보았다.

아버지가 불안하게 미소지었고, 내 귀는 빨개졌다.

그녀는 우리 둘의 팔짱을 끼고 레스토랑으로 들어갔다.

"굴 좋아해요?" 아버지가 물었다.

"뭐요?" 스텔라가 물었다.

아버지는 얼음에 올린 질트 섬 굴 열두 개를 주문했다. 그러고는 조가비의 어떤 부분에 칼을 들이밀어야 잘 빠지는지를 보여주었다. 처음 몇 개에 아버지는 비네그레트 소스를 쳤다. 굴은 왜 그런지 배급품목에 들어가지 않았다.

"재밌어 보여요." 스텔라가 그렇게 속삭이며 히죽 웃더니 굴을 호로록 빨아먹었다. 처음엔 얼굴을 찌푸리는 듯했다. 그러더니 경탄하는 표정으로 아버지를 쳐다보고는 "우아, 맛있어요."라고 했다.

"생 말로에서 먹으면 최고예요. 바다에서 막 잡은 굴에 레몬즙을 곁들여 먹지요." 아버지가 설명했다.

그 시간이 아름다웠던 건 이런 순간이 다시 오지 않을 것임을 알았기 때문이리라. 아버지는 퀸 메리 호를 타고 대서양을 여행한 이야기를 했다. 야지디 족이 존경하는 멜렉 타우스Melek Taus 이야기도 했다. 그는 땅에 떨어진 천사로, 눈물로 지옥불을 끈다고 했다. 스텔라는 아버지 옆에 앉아서 이야기에 귀를 기울였다. 아버지는 5세기에 그려진 중국 그림 이야기도 했다. 메트로폴리탄 미술관에서 보았는데, 원숭이 한 무리가 호수 위로 드리워진 나무 위에 올라가 호수에 비친 달그림자를 보며 그것을 잡으려 하는 모습을 묘사한 것이라고 했다.

"왜요?" 스텔라가 물었다.

"글쎄요. 그럼 우리는 왜 지금 이 일을 하는 걸까요?"

웨이터가 테이블로 다가왔다. 이버지는 웨이터가 준 메뉴판을 한참 들여다보았다.

"아, 여기요. 그런데 뷔르츠플라이슈Wuerzfleisch(Wuerzen은 '양념하다'라는 뜻이고 feisch는 '고기'라는 뜻)가 뭐죠?"

"전에는 라구Ragout라고, 프랑스 말로 불렀습죠."

"그럼 포이어토프Feuertopf(Feuer는 불, Topf는 냄비라는 뜻)는요?"

"프랑스인들은 그걸 포토푀Pot au Feu라고 부릅니다요."

"아 그렇군요."

"제국 국민계몽선전부의 지시로 그렇게 수정해서 적었습니다만."

나는 잠시 트리스탄을 떠올렸다.

"우리가 해야 하기 때문이에요." 스텔라가 말했다.

"뭐라고요?" 아빠가 물었다.

"원숭이와 달 얘기 말예요. 우리가 지금 이 일을 하는 것은, 우리가 그것을 해야만 하기 때문이에요."

이 저녁에 스텔라는 때때로 아버지의 팔을 짚으며 많이

웃었다. 밤이 깊었을 때 두 사람의 화제는 드루즈인들의 비밀지식으로 옮겨갔다. 나는 반쯤만 알아들었다. 스텔라는 미소를 지으며 주변을 쓱 훑어보았다. 그러더니 갑자기 낯빛이 새하얘졌다. 나도 한눈에 알 수 있을 정도였다.

아빠는 "왜 그래요, 귀신이라도 봤어요?"라면서 웃었다.

주변을 둘러보니 구석 테이블에 면 원피스를 입은 여자와 곱슬머리 장발에 제복을 입은 남자가 앉아 있었다. 스텔라는 한순간 그쪽을 뚫어져라 바라다보았다.

"저기. 저기…, 저 사람." 스텔라가 말했다.

"무슨 일이지?" 아빠가 물었다.

곱슬머리 남자는 우리의 시선을 눈치채고는 레드 와인이 담긴 잔을 들어 아는 체를 했다.

"나가야 해." 스텔라가 그렇게 속삭이며 손톱으로 내 손을 꽉 눌렀다.

나는 그녀의 허리에 팔을 두르고는 함께 레스토랑에서 나갔다.

"내일 말씀드릴게요" 내가 말했다.

아버지는 우리를 따라 나오며, 로비에서 벨벳 천으로 된 작은 주머니를 내게 건넸다. "선물이야, 선물." 아버지가 그렇게 말하며 다시 걱정스런 미소를 지었다.

나는 고개를 끄덕이고는 엘리베이터 안으로 들어갔다. 아빠는 엘리베이터를 타지 않은 채 "굿 나잇, 마이 걸!"이라고 인사했다. 얼굴을 내 어깨에 묻은 스텔라는 아버지의 인사를 알아듣지 못하는 것 같았다.

문이 닫혔을 때 스텔라가 내 귀에 속삭였다. "정원사야."

스텔라는 욕실에 들어가 오랫동안 나오지 않았다.

나는 벨벳 주머니 속을 보았다. 똑같은 시계 두 개가 들어 있었다. 수동으로 용두를 감아주는 방식의 시계로, 밝은색 숫자판에 은은한 색깔의 숫자가 적혀 있었다. 가운데에 새겨진 'Precision'(롤렉스 프레시전 시계)이라는 글씨가 눈에 들어왔다.

메모지에는 아버지의 필체로 이렇게 적혀 있었다.

엄마와 내가 차려고 샀던 시계야. 이 시계들이 너희에게 더 많은 행운을 안겨 줄지도 몰라. 아리스토텔레스는 시간과 변화는 떼려야 뗄 수 없게 연결되어 있다고 말했어. 너희 마음에 안 들면 다른 사람에게 선물하거라. 아빠가.

시계는 스텔라에게는 약간 클 듯했다. 돌려 보니 뒷면에는 서로 맞물린 링 두 개가 새겨져 있었다.

욕실에서 나온 스텔라는 페르비틴 때문에 동공이 확대되어 있었다. 그녀는 침대에 털썩 주저앉아 몸을 떨었고, 나는 그녀를 안아주었다. 그녀가 내 손에 있는 시계들을 보더니 얼른 집었다.

"아버지가 주신 거야." 내가 말했다.

"날 위해?" 그녀가 그렇게 묻고는 콧물을 들이마셨다. 그녀는 시계 하나를 차고 나서 오른손 손가락으로 프레임을 어루만졌다.

"너무 예쁘네." 그녀가 말했다.

스텔라와 나는 시계를 풀고 잠을 청했다. 나는 스텔라의 손을 잡고 있었고 스텔라는 페르비틴을 복용했음에도 잠이 들었다. 나는 곱슬머리 장발 남자를 생각했다. 시오마 쉔하우스와 스텔라의 부모님을 생각했다. 이런 불행이 어서 끝나야 할 것이었다.

아침에 아버지가 출발하기 전에 나 혼자 아버지의 방으로 가서 함께 창밖을 내다보았다. 아버지는 내 손을 잡았다. 나는 아버지께 가구 차를 봤다고 말했다.

"넌 정말 왜 이런 곳에 왔니?" 아버지가 물었다.

우리는 나란히 서서 침묵했다.

"그러는 아버지는 왜 엄마랑 그렇게 오래 살았어요?"

"내 선택이었으니까."

"하지만 엄마 아빠 서로 사랑하지 않았잖아요."

"아빠 지금도 엄마를 사랑해."

"하지만 엄마의 단점들은요."

"완벽한 사람이 어디 있겠어."

••

30, 31. 사례: 클라인 부부

증인: 엘리자베트 파벨치크

증인 엘리자베트 파벨치크는 란츠베르거 가 32번지 건물 수위였다. 그 건물의 1층에는 유대인인 클라인 씨 가족이 거주했다. 증인의 말에 따르면 어느 날 아침 현관 앞에 자동차가 한 대 서더니 피고와 사복 차림의 두 남자가 내렸고, 이어 클라인 부부를 태우고 사라졌다. 부부의 운명은 알려지지 않았다.

Bl.I/ 113R, 195

1942년 9월. 볼프강 쇼이블레가 태어난다. A 집단군 최고지휘관인 빌헬름 리스트 원수가 해고당하고, 아돌프 히틀러가 집단군의 지휘를 맡는다. 베를린 올림피아 스타디온에서 독일의 국가대표 축구팀이 스웨덴에 2대 3으로 패한다. 요제프 괴벨스 박사가 정한 나치 십계명 중 아홉 번째 계명은 이러하다. "장차 새로운 독일 앞에 부끄럽지 않도록 살라." 나치 친위대가 수천 명의 유대인을 리츠만슈타트 게토에서 헬름노 수용소로 실어간다. 그 중에는 아이들도 다수 포함된다. 빈의 유럽 청소년회의에서 빈의 대관구장Gauleiter인 발두어 폰 시라흐는 이렇게 말한다. "유럽은 인류의 거룩한 상징이다. 유럽은 알렉산더, 카이사르, 프리드리히 대왕, 나폴레옹 같은 영웅의 땅이며, 호메로스와 단테에서 괴테에 이르기까지 시인들의 땅이며, 플라톤에서 칸트, 니체에 이르기까지 사상가들의 땅이며, 바흐, 베토벤, 모차르트와 같은 음악가들의 땅이다. 이런 이름들을 호명할 때 얼마나 큰 자랑스러움으로 가슴이 벅차오르는가! 루스벨트 씨는 무엇으로 이에 필적할 수 있겠는가?" 미국 대통령 프랭클린 D. 루스벨트는 9월 7일 노변담화(미국 대통령 F.D.루스벨트가 라디오를 이용해 국민에게 직접 호소한 담화)에서 이렇게 말한다. "이것은 온 시대를 통틀어 가장 혹독한 전쟁입니다. 우리는 우리가 이 전쟁에서 임무를 감당할 만큼 강했는가에 대한 답변을 역사가들에게 위임해서는 안 됩니다. 우리는 그 질문에 지금 대답할 수 있습니다. 그리고 그 대답은 '예'라는 것입니다."

우리는 암시장 가격을 지불하고 굴과 비넨슈티히(독일 케이크)를 먹었다. 코냑을 마시고 목탄으로 그림을 그리고 스윙을 듣고 드물게 춤을 추었다. 때로는 스텔라의 부모를 잊을 수 있었다. 우리는 죄를 저질렀다. 각자의 방식으로.

나는 제복 입은 기계공들이 우리 호텔방 맞은편 IG Farben(독일 염색공업주식회사) 건물 옥상에서 88밀리 고사포와 함께 대기하는 걸 지켜보았다.

스텔라와 내가 독일 오페라극장에 앉아 〈나비부인〉을 보고 있을 때 사이렌이 울렸다.

그 저녁의 프로그램 북에는 공습경보가 울릴 경우 어떻게 해야 하는지를 설명하는 안내문이 끼워져 있었다. 극장 건물에는 방공호가 없기 때문이었다. 우리는 이웃 건물의 지하실로 대피했다.

한 시간가량 야회복과 턱시도 차림으로 무릎과 무릎을 맞대고 지하 방공호에 쪼그려앉아 폭격 소리를 기다렸다. 스텔라는 내 귀에 대고 말했다. "오늘 밤에는 산책하지 말자." 철제 방공호에서는 오 드 콜로뉴(쾰른제 향수) 냄새가 났다.

지하실에서 나온 뒤 오페라가 계속되었다. 메조소프라노는 앙코르로 세 곡을 더 들려준 뒤 기립 박수를 받았다. 누군가 호르스트 베셀의 노래(나치 독일의 국가—옮긴이)를 시작했고, 나중에 청중은 무대 위의 가수들과 함께 합창을 했다. 스텔라는 박자에 맞추어 손뼉을 쳤다.

집으로 돌아오는 길에 그녀는 나를 슈프레 강가로 이끌었다. 그러고는 물을 보면서 말했다. "우리 부모님이 리스트에서 빠졌어."

"뭐?"

"부모님은 여전히 그로세 함부르거 가에 있어. 하지만 다음 기차를 타지 않을 거야."

"하지만… 내 말은…, 어떻게?"

"나도 몰라. 사랑하는 프리츠."

그녀의 눈물이 슈프레 강물에 떨어졌다. 나는 그녀의 손을 잡았다. 손바닥이 축축했다.

"우리는 반려자지, 맞지?" 그녀가 물었다.

반려자. 그 말 속엔 일생을 함께한다는 의미가 들어 있었다.

"슐렉스로 가자. 우리 집으로." 내가 말했다.

"호숫가의 집?"

스텔라가 젖은 뺨을 내 뺨에 대었다.

"나, 다시 무대에 서고 싶은 것 같아."

그 순간 그녀가 왜 그런 생각을 떠올렸는지 나는 알지 못한다.

나는 내 손목을 내려다보았다. 아빠가 선물한 시계가 가로등 불빛을 받아 빛났다. 내가 시계 밥을 주는 걸 잊어서, 시곗바늘이 멈춰 있었다.

밤에 침대 안에서 스텔라가 불렀다. "안 자?"

"음."

"우리 언제 트리스탄이랑 다시 놀러 나갈까?"

잠이 확 달아났다.

"트리스탄이랑?"

"트리스탄은 우리 친구야."

스텔라는 돌아누워 천정을 바라보았다.

나는 그녀에게로 몸을 굽히고는 고개를 저었다.

"트리스탄이 너에게 '유대 것들'이라고 했잖아."

"그러지 않았어."

"그 자리에 내가 있었거든."

"이스라엘 놈들이라고 했어."

"그 말이 좀 나아?"

그녀는 아무 말도 하지 않았다. 파리 한 마리가 앵앵대며 방안을 돌아다니다가 연신 창유리에 부딪혔다.

"최소한 이해해주려고 노력이라도 할 수 없어?"

나는 일어나서 욕실로 간 뒤 뿔로 만든 접시에 면도용 브러시를 저어 면도 거품을 내었다.

비누에서 해바라기 꽃 냄새가 났다. 밤이었고, 나는 아침에 면도를 했었다. 그러나 어차피 제대로인 건 아무것도 없었다.

스텔라는 욕실로 와서 스툴을 거울 앞으로 밀더니 부드럽게 내 어깨를 눌러 나를 스툴에 앉혔다. 내 뒤에 선 채 한 손을 내 목에 대고, 다른 손으로는 머리를 뒤로 젖혀서 내 머리가 자신의 가슴 부분에 닿도록 한 뒤 면도칼을 손에 들었다.

"너 벌써 또 무섭니?" 그녀가 물었다.

그녀는 애써 웃었다. 떨리는 손으로, 그녀는 천천히 내 피부 위에 날을 대고 밀었다.

"나도 그래." 스텔라가 중얼거렸다.

나는 꼼짝 않고 있으려고 노력했다.

끝냈을 때 여러 군데 상처에서 나온 피가 목을 타고 흘렀다. 나는 피가 멈출 때까지 명반석을 대고 있었다.

"트리스탄이랑 만나자. 알겠지?"

그녀가 뒤에서 나를 껴안았다.

며칠 뒤 우리는 모아비트의 레르터 가 술집에서 트리스탄을 만났다. 그는 줄무늬 더블수트 차림에 우산을 들고 있었다.

트리스탄은 작은 잔으로 맥주를 마시다가 스텔라가 오자 스위스 식으로 양쪽 볼에 뽀뽀를 세 번 했다. 동시에 그녀의 어깨 너머로 나를 쳐다보며 무슨 뜻을 전달하려는 듯 눈썹을 치켜올렸다. 이어 나를 포용하며 "보고 싶었어, 올드 보이. 기분이 어때?"라고 물었다.

트리스탄은 한동안 자기 이야기를 하며 수다를 떨었다. 요즘 '에르베Herve'라는 약초 음료를 마신다고 했다. 얼마

전부터 요리를 배우고 있노라고 했고, 점토 올빼미 인형을 더 사들인 이야기를 했다. 또 새로운 밀수입업자를 알게 되었다고, 그가 이중 바닥 처리된 서류가방에 카망베르 치즈를 몰래 반입해 온다고 했다.

나는 맥주를 빠르게 마시고는 화장실에 갔다. 그리고 못에서 수건을 집어서 차가운 물에 적셔 내 목에 대었다.

내가 술집 안으로 돌아왔을 때, 스텔라와 트리스탄은 팔뚝이 서로 닿을 정도로 밀착해서 서 있었다. 담배 자욱한 연기 사이로 그들을 보면서 나는 문틀을 부여잡았다. 그들은 꽤 심각해 보였고 스텔라는 연신 머리를 흔들었다. 그러다가 나를 보더니 미소를 지었다.

"무슨 일이야?" 내가 물었다.

"아, 올드 보이." 트리스탄이 말했다. "난 그저 전선에 나가려 한다는 이야기를 하는 참이었어. 내가 전투기 조종사라는 거 알고 있었어? 55 전투함대 소속이지."

차가운 물 한 방울이 내 셔츠 아래에서 척추를 타고 흘러내렸다.

우리는 걸어서 멜로디 클럽으로 갔다. 스텔라는 우리가 처음 만났던 밤처럼 둘 사이에서 팔짱을 꼈다.

아스팔트가 빗물에 젖어 반짝였다.

나는 술을 빠르게 마셨다. 뭔가 석연치 않을 때는 그 편이 더 간단할 거라는 생각이 들었다. 주근깨 웨이터 아가씨가 트리스탄에게 입맞춤 인사를 했다. 클럽에는 손님들이 많았다. 대다수 남자들이 트리스탄처럼 더블수트 차림이었다. 담배 연기가 짙어서 눈에서 눈물이 났다.

스텔라는 내 뺨에 자신의 뺨을 댄 채 춤을 추었고, 우리는 코냑과 버찌 브랜디를 마구잡이로 마셨다. 주근깨 아가씨가 코카인이 든 금속 통을 바 위에 올려놓았다. 우리는 숟가락으로 떠서 그것을 조금 흡입했다. 그러자 정신이 확 깨고, 코가 얼얼했다. 하지만 내 삶의 균형이 무너졌다는 느낌은 그대로 있었다. 트리스탄은 금속 통에서 한 숟가락 수북이 떠서 스텔라의 코앞으로 가져가서는, 다른 손으로 스텔라의 턱을 잡고 흡입하게 했다.

"노래 좀 해볼래, 크리스틴헨?" 트리스탄이 물었다.

트리스탄이 그녀를 크리스틴헨이라 부르는 걸 들으니 창자가 뒤틀리는 기분이었다.

"다시 부르고 싶어요."

"듀엣으로 부를래? 어때?"

스텔라는 나를 쳐다보았다.

"올드 보이, 네 애인을 잠시 빌려도 되겠어?"

나는 트리스탄의 어깨를 강하게 두드렸다.

댄스플로어로 간 스텔라와 트리스탄이 찰스턴(1920년대에 유행한 빠른 춤)을 추었다. 이어 트리스탄은 악단에 신호를 보내고는 스탠드에서 무대로 폴짝 뛰어올라 스텔라에게 손을 내밀었다. 스텔라가 위로 올라가자 천정 조명이 그녀가 찬 손목시계의 숫자판을 비추었다.

트리스탄과 스텔라는 영어 노래를 불렀다. 트리스탄은 약간 음을 틀렸지만, 개의치 않는 듯했다. 스텔라는 계속해서 내 쪽을 바라다보며 춤추는 사람들 머리 너머로 웃어 보였다.

••

23~27. 사례: 게르다 카헬, 엘리 레프코비츠
아론 프르치보지크와 두 아들
증인: 1. 게르다 카헬, 2. 엘리 레프코비츠

증인 게르다 카헬은 아론 프르치보지크를 방문하려다가 피고가 뜰에 서서 프르지보크의 집을 바라보고 있는 걸 보고는 도망치듯 뒷걸음질 쳐서 돌아온 뒤 엘리 레프코비츠에게 피고를 보았다고 전했다. 저녁에 레프코비츠는 프르치보지크를 방문해 그 사실을 일러주었다. 하지만 프르치보지크는 별로 걱정하지 않았다. 다음날 두 증인이 다시 프르치보지크 집의 문을 두드렸을 때, 유대인을 잡으러 다니는 베렌스와 레베크가 문을 열며 외쳤다. "카헬 부인, 안녕하세요, 체포되셨습니다." 두 증인은 그로세 함부르거 가의 수용소로 이송되었다. 심문 과정에서 친위대 지도자 도베르케는 증인 카헬에게 불법 거주하는 유대인 세 사람을 밀고하면, 아우슈비츠 대신 테레지엔슈타트로 보내주겠다고 했다. 증인은 그 요구를 거절했다.

도베르케에게 심문을 받을 때 피고도 함께 있다가 나갔는데 피고가 그 방을 나설 때 도베르케가 물었다. "아, 오늘은 어디로 가나?" 그러자 피고는 "극장으로요."라고 대답했다. 도베르케는 시니컬한 목소리로 "자, 그럼 성과 많이 올리시게."라고 대꾸했다.

피고인은 많은 다른 경우에서처럼 사냥꾼 모자에 초록 원피스 차림이었다. 프르치보지크와 아들들은 아우슈비츠로 갔고. 아들들은 현재 오스트리아에 살고 있다. 아버지의 행방은 알려져 있지 않다.

B1.I/107, 193-194

B1.I/ 17, 42, 192

1942년 10월. 비르케나우에 있는 여성수용소에서 친위대원들이 가스실로 보낼 사람을 선별한다. 이어 2,000명의 여성 수감자들이 가스실에서 죽음을 맞이한다. 정부는 부족한 식용유를 얻기 위해 독일 주민들로 하여금 너도밤나무 열매를 모으도록 한다. 헤르만 괴링은 베를린 슈포르트팔라스트Sportpalast의 연설에서 이렇게 말한다. "전쟁에서 지면 그대는 끝장납니다. 유대인은 마르지 않는 미움으로 파괴적인 생각을 하고 있습니다." 17세의 헬무트 휘베너에 대한 사형이 집행된다. 영국 뉴스에 나오는 소식을 전단지로 만들어 살포했다는 혐의다. 우제돔 섬(독일과 폴란드 국경의 발트 해에 있는 섬)의 페네뮌데에 소재한 육군연구센터에서 세계 최초의 대형 실용 로켓인 V2(A4) 로켓이 발사된다. 라플란드의 왕 아슬락 융스Aslak Junse는 노르웨이인들이 자신들의 순록 2,000마리를 훔쳐갔다며, 핀란드 관청에 신고한다. 이탈리아에서는 장난감 제조가 금지된다. 장난감 공장은 이제 전쟁용 기자재를 생산해야 한다. 타나 베르크하우젠이 빌레펠트의 슐로스호프 수용소에서 태어난다. 타나의 엄마는 출산 직후 타나와 함께 가축 운반용 화물열차에 몸을 싣고 40시간 동안 달려 아우슈비츠로 향한다. 기차역의 화물전용 플랫폼에서 나치 친위대 군인들이 신생아인 타나를 때려죽인다. 타나의 부모는 아우슈비츠에서 살해되었는데, 사망 날짜는 알려져 있지 않다. 요제프 괴벨스 박사의 나치 십계명 중 열 번째 계명은 이러하다. "미래를 믿으라. 그래야 미래를 얻을 수 있다"

아침에 우리는 잠이 깬 채 나란히 누워 날이 밝기를 기다렸다.

"핑크트헨, 우리 언제 슐렉스로 갈까?" 내가 물었다.

"모르겠어."

"내게 스위스 여권이 있으니까. 그냥 가버리자."

스텔라는 한동안 말이 없었다. 나는 잠에서 깨었을 때 스텔라에게서 나는 냄새가 좋았다.

"넌 스스로를 대단한 사람으로 여기나 본데…." 마침내 그녀가 입을 열었다.

"내가… 뭐?"

"난 부모를 구해야 해."

"하지만 어떻게?"

"트리스탄이 도와준대."

나는 침묵했다.

"그리고 노래도 하면 되지."

"노래?"

"넌 이해 못 해."

"스텔라, 이곳에선 더 이상 누구도 노래를 부르지 않아."

"돌아오는 크리스마스에 반제에서 노래를 부를 거야. 우리가 여름에 갔던 저택에서."

"슈바넨베르더에서?"

"한 곡만."

"하켄크로이츠 아래서?"

"내가 부끄러워해야 해?"

나는 더 이상 아무 말도 하지 않았다.

그녀는 크게 한숨을 쉬었다.

"미안해 프리츠."

"뭐가?"

"다."

나는 그녀 가슴 아래를 쓰다듬었다.

"노래하지 마."

"한 곡만."

"부탁해, 스텔라."

그녀는 등 뒤에서 내 다리 사이를 잡았다. 그러나 나는
할 수 없었다.

스텔라는 잠이 들었다. 나도 잠을 청했다.

트리스탄의 집을 마지막으로 찾아갔을 때 나는 코트도
벗지 않고서 그동안 궁금했던 걸 물었다. 트리스탄은 미소
를 지었다. 애매하고 아름다운 미소였다. 트리스탄의 집은
하얀 글라디올러스들을 꽂은 꽃병으로 장식되어 있었다.

"트리스탄, 구체적으로 무슨 일을 하죠? 말해줘요."

"아이고." 트리스탄이 긴 팔을 냅다 들어서 손가락 끝이
복도 벽에 닿을락 말락 했다. 그는 뒤돌아 주방으로 가서
테이블 옆 스툴에 앉았다. 그의 앞에 잠두콩이 담긴 그릇
이 놓여 있었다. 트리스탄은 콩 중에서 좋은 콩을 가려내
며 나를 쳐다보더니 "마다가스카르."라고 말했다.

"마다가스카르? 이름만 그런 거예요? 아님 진짜 섬?"

트리스탄은 손으로 콩을 휘저으며 약간 감격한 음성으
로 자신은 '마다가스카르 계획'이라 불리는 일을 한다고 설
명했다. 독일 제국의 모든 유대인을 배에 태워 아프리카
연안까지 내려가, 거기서 마다가스카르의 사바나로 보내려

한다고 말이다. 트리스탄은 그것을 '이주'라 칭했다.

"그러면 그들은 그곳에서 수많은 동식물과 함께하게 돼. 아무도 그들을 해코지하지 않아."

"마다가스카르에서요?"

"그곳에는 레무르(여우원숭이)도 있어. 멋지지."

"그러니까 유대인들을 아프리카로 이송하는 계획을 세우고 있단 말이죠?"

그는 고개를 끄덕이며 생 잠두콩 하나를 입 안에 넣고는 일어서서 두 손으로 내 어깨를 짚었다.

"마다가스카르. 자, 이제 한판 땡겨 볼까? 올드 보이?"

"스텔라는요?"

"스텔라가 뭐?"

"스텔라도 마다가스카르에 가야 하나요?"

"명예 아리아인으로 만들어 가는 중이야. 스텔라가 이야기 안 해?"

트리스탄이 옆방에서 검을 가져와서는 내 발 앞에 보호복을 던졌다.

"네가 와서 좋네." 그는 말했다.

"오늘은 안 할래요." 나는 그렇게 말하며 펜싱 재킷을 주방 스툴 위에 올려놓고는, 검을 들어보았다. 끝이 뭉툭했다. 하지만 지나치게 뭉툭하지는 않았다.

"너랑 나랑 어떤 점이 다를까, 많이 생각해 봤어." 트리스탄이 펜싱 마스크를 뒤집어쓰며 말했다. "내 말은 네가 스텔라에게서 왜 벗어나지 못할까 하고 말이야."

트리스탄은 펜싱 재킷의 앞섶을 열어놓은 채로 주방에서 다이닝 룸 쪽으로 몇 미터 뒷걸음질을 쳤다. 나는 그를 따라갔다. 트리스탄은 펜싱 스텝 기술을 선보이며 이야기를 이어 나갔다.

"그건 말이지, 기질의 문제일 수도 있어. 넌 이런 말이 달갑지 않겠지."

그는 몇 번 페인트 모션(상대 수비수를 속이기 위해 공격수가 취하는 거짓 동작)을 취했다.

"내 생각에 넌 피가 묽어서 약한 것 같아. 그렇지 않아?" 그는 펜싱 마스크를 뒤로 젖혔다. 그의 금발 머리가 이마에 달라붙어 있었다. "내가 너무 솔직했다면 미안해. 하지만 내게 여자친구가 있는데, 그 여자가 크리스틴과 같은 일을 당한다면. 그러니까 내 말은 누군가 그녀에게 고통을 주고, 머리칼 같은 걸 그렇게 만든다면, 난 그놈을 그냥 살려두지 않을 것 같아."

트리스탄이 검을 공중으로 휘둘렀다.

"나의 여자친구가 온 나라의 지탄을 받는다면, 나는 횃불을 들고 이 나라를 방방곡곡 다니며 집집마다 불을 지를 거야. 나는 뭐니뭐니 해도 가족이 가장 중요하다고 봐. 그 점에서 크리스틴헨은 정말 탁월하게 가족을 보호하고 있어. 넌 기뻐해도 돼."

꽃향기가 공간을 가득 채웠다. 겨울 햇살 속에서 먼지 입자들이 돌아다녔다. 나는 미움이 어떤 감정인지 잘 알지 못했다.

"처음에 멜로디 클럽에서 왜 내게 말을 걸었죠?" 내가 물었다.

"집집마다 불을…." 트리스탄이 중얼거렸다.

나는 검을 들고 피스트(펜싱시합을 할 수 있는 시설)로 나갔다. 트리스탄이 건장한 몸집으로 내 앞에 곧추섰다. 그의 목소리에서 처음으로 불안감이 묻어났다.

"네가 달라질 수 있다고 생각했기 때문에."

내 코가 그의 펜싱마스크 망에 닿을 정도로 아주 가까이 다가갔다. 망 뒤로 그의 눈이 보였다. 이번에는 내가 떨고 있다는 걸 숨기기 위해 손을 뒷짐지지 않았다. 내 손가락이 검의 손잡이를 감쌌다.

"괜찮아?"

"괜찮아요." 나는 그렇게 말하며 망 안을 들여다보았다. 우리는 잠시 그 자세로 서 있었다.

"목소리가 괜찮아 보이지 않는데."

나는 가만히 있었다.

"프리츠, 솔직하게 말해 줘."

나는 돌아서서 갔다. 그러고는 짙은색 깃털이 걸려 있는 유리 상자에 검을 힘껏 내리박았다. 유리가 깨져서 산산조각이 났다. 깃털이 어떻게 되었는지는 알지 못한다. 트리스탄은 뒤에서 나를 불렀으나 제지하려 들지는 않았다.

"맙소사, 프리츠, 잠깐 가만히 좀 있어 봐. 특별히 조달해 온 카망베르를 가져오라고 할게."

1942년 11월. 공산군이 스탈린그라드에서 독일의 제6군을 포위한다. 보스턴 나이트클럽 코코아넛 그로브Cocoanut Grove에서 화재로 492명이 사망한다. 고장 난 램프에서 불꽃이 튀어 장식품에 옮겨붙은 것이다. 폴란드의 지하운동가이자 특사인 코지엘레스프키는 얀 카르스키라는 가명으로 바르샤바의 강제수용소와 집단학살 수용소의 실태를 런던에 있는 폴란드 망명정부에 알린다. 독일의 국가대표 축구팀이 슬로바키아를 상대로 5대2로 이긴다. 이것은 1950년까지 독일 국가대표 축구팀의 마지막 경기가 된다. 북아프리카에서 연합군과 프랑스 비시 정부군 간 전투가 종결된다. 영국의 베를린 공습으로 도이체방크(독일의 은행) 건물도 불에 탄다. 에르빈 롬멜 장군은 엘 알라메인에서의 패전 뒤, 무슨 일이 있어도 철수는 안 된다는 히틀러의 명령을 어기고 후퇴한다. 한스 모저는 영화 〈Einmal der liebe Herrgott sein〉의 주연을 맡아 연기한다. 밀라노의 비고렐리 경륜장에서 이탈리아의 사이클 선수 파우스토 코피가 45.871킬로미터에서 시간당 세계 기록을 31미터 경신한다. 라이프치히에서 '참전으로 인해 부상당해 불구가 된 사람, 눈이 먼 사람, 그 외 맹인'을 위한 결혼 중개업소가 영업을 개시한다. 하인리히 힘러는 슈트라스부르크 제국대학에서 유대인의 해골과 뼈대를 수집하도록 지시하고, 이런 목적을 위해 약 100명의 유대인이 아우슈비츠에서 슈트라스부르크로 이송된다.

나는 서랍장의 셔츠 사이에서 스텔라의 연발 권총을 찾아낸 뒤, 침대 옆 협탁 서랍에서 트리스탄이 선물한 탄환을 꺼냈다. 장전된 권총을 내 바지춤 앞섶에 꽂고는 부르거 가 28번지 유대인국 입구 맞은편에서 '정원사'가 퇴근하고 나오기를 기다렸다. 유대인국은 슈프레 강가의 별로 눈에 띄지 않는 평범한 건물에 있었다. 부슈 서커스 모퉁이를 돌면 바로였다. 입구에는 나치 친위대 제복을 입은 경비가 어깨에 캐러밴 산탄총을 메고 서 있었다.

　'정원사'는 정확히 16시 32분에 현관으로 나왔다. 동료와 이야기를 하며 웃는 소리가 길 건너편에 있는 나에게까지 들렸다.

　그는 동료와 함께 뮌처 가 쪽으로 걸어가다 한 아기 엄마를 도와 계단 위 출입문까지 유모차를 들어주었다. 동료와 헤어진 그는 술집으로 들어갔다. 나도 따라 들어갔다. 정원사는 바에서 차를 마시며 주인과 담소를 나누었다. 나는 눈에 띄지 않기 위해 구석 자리에 앉아 묽은 콩수프를 먹었다.

주인이 부엌으로 들어가자 나는 자리에서 일어나 정원사 옆의 등받이 없는 의자에 앉았다. 그러고는 재킷 주머니에 손을 넣어 장전된 권총을 쥐었다.

정원사는 안경 너머로 나를 쳐다보았다.

"안녕하세요." 그가 말했다.

"내 오른손을 봐요. 총이에요." 내가 빠르게 대꾸했다.

정원사가 미소를 지었다.

"용건이 뭐죠?"

바이에른 억양이었다.

"스텔라를 왜 고문했죠?"

"고문?"

"왜 그랬죠?"

정원사는 친구와 이야기를 하는 것 같은 자세였다.

"우린 막 달리아에 대해 이야기를 한 참이오."

"뭐요?"

"달리아, 아주 멋진 꽃이지."

순간 말문이 막혔다.

"물론 구분을 해야 해. 품종에 따라."

주인이 부엌에서 나오면서 우리를 살펴보았다. 나는 권총을 꺼내 정원사의 목을 아래쪽에서 겨누었다. 기겁한 주인이 부엌으로 도피하다 피클드 에그가 담긴 유리병을 치는 바람에 병이 마룻바닥에 내동댕이쳐지며 산산조각 나고 말았다.

"왜 그녀를 아프게 했죠?"

"저런 피클드 에그가…. 아프게 했다고?" 정원사 게르트너가 말했다.

"스텔라 골트슐라크"

"아하. 금발의 맹독."

"무슨 뜻이죠?"

"베를린의 유대인들은 그녀를 그렇게 부르지. 몰랐어?"

그는 나를 쳐다보았다. 나도 눈길을 피하지 않았다.

"어떻게 그럴 수가 있죠?"

"뭘?"

"고무호스로 사람을 패다니요?"

"아, 그거." 잠시 생각에 잠기던 그가 "메이Mei."라고 중얼거렸다. 그런 다음 조심스럽게 찻잔을 들더니 "마셔도 되나?"라고 묻고는 캐모마일 차를 마셨다. 그가 차를 꿀꺽 꿀꺽 마시는 느낌이 권총으로 전해졌다.

"온 세계의 유대인들은 수백년 전부터 우리를 상대로 전쟁을 해왔어. 우리는 이제야 반격을 하는 거고. 당연한 수순 아니야?"

"아무리 그래도…, 당신은 그러고도 밤에 잠이 오나요?"

그는 소리 내어 웃더니 혀로 두 번 입맛을 다셨다.

"이 사람아. 사람들이 왜 나를 정원사라고 부르는 줄 아나?" 그가 물었다.

그의 웃음이 견디기 힘들었다.

"누구는 좋아서 잡초를 뽑는 줄 알아?"

"뭐라고요?"

"누구나 정원에 앉아서 라일락 꽃을 바라보는 걸 더 좋아하겠지. 마거리트, 채송화, 베고니아…. 당연히 그렇겠지. 한데 잡초가 있어. 아무도 심지 않고 돌보지 않는데도 잡초가 무성해지지. 멍청이들은 그저 잡초가 보기 싫다고만 툴툴대지. 그러니까 내 말은, 잡초는 꽃밭에 속하지 않는 거야. 우리의 자연을 망쳐 놓기만 할 뿐. 우리 고향 정원과 숲을 위협하는 존재일 뿐이야."

"무슨…. 스텔라가….”

"봐. 거기에 히말라야 물봉선(히말라야 식물로, 많은 지역에서 침입종으로 간주된다—옮긴이)이 있는 거야. 자연은 그것이 자라는 걸 원치 않아. 나는 자연에 질서가 있어야 한다고 생각해. 그런데도 잡초는 생기지. 그럼 어떻게 할까? 내가 장갑을 끼고, 독일 땅에서 잡초를 뿌리째 조심스럽게 뽑아서 배에 태워 인도로 보내야 할까? 하지만 그런다 해도 아마 살아남지 못할걸. 그래서 나는 호미를 손에 드는 거야. 모두에게 최상이지. 물봉선이에게도 말이야. 원래 자라지 말아야 할 땅에서 자라고 있으니까. 자연은 그렇게 해서 다시금 정화가 되는 것이지. 아주 당연한 일이라고.”

그는 연신 빙긋빙긋 웃었다.

"자넨 조국을 사랑하나?”

"조국이라…, 난 스위스인이에요.”

"조국을 사랑하냐고 묻잖아?”

"아뇨.”

"오늘 저녁에 자네를 위해 기도하지.”그가 말했다. “자, 이제 일어나. 그 장난감은 다시 꽂아두고. 자연스럽게, 문 쪽으로 돌아서서 가버려. 다시는 자네 얼굴을 보고 싶지 않으니까.” 그는 매우 침착하게 말을 이었다. “그리고 그

골트슐라크 말인데, 아무도 강요하지 않았어. 그 앤 자기 나름으로 우리 둘을 합친 것보다 더 조국에 충성하고 있다고." 정원사는 조심스럽게 손가락을 올려 내 뺨으로 떨어진 속눈썹 하나를 떼고는 계속했다. "너도 뭔가를 할 수 있을 거야." 그는 내게 고개를 끄덕였다. "오늘 내 기분이 좋은 걸 다행으로 여기라고. 그리고 어서 가라고."

그 순간 다른 사람이 정원사의 목을 딸 수 있다면 얼마나 좋았을까. 다른 사람이 그의 얼굴을 갈겨 턱을 부수고, 피클드 에그 유리병 조각을 집어 그의 동맥을 그을 수 있다면…. 트리스탄이라면 할 수 있었을 것이다.

나는 독일인의 강한 면모를 닮으려고 이 나라에 왔다. 독일인에 대해 경탄했고, 트리스탄에 대해 경탄했다.

나는 천천히 일어나 문 쪽으로 뒷걸음질 쳤다.

나는 독일인이 아니었고, 트리스탄이 아니었다. 그게 강한 것이라면 나는 강해지고 싶지 않았다. 다른 사람을 아프게 하는 건 강함이 아니라 약함일지도 모른다.

나는 스위스에서 온 젊은이였다. 아빠를 그리워하는, 유대 여자를 사랑하는, 지금까지 살면서 감행한 가장 용감한 행동이라곤 산에서 늙은 염소를 메고 온 게 고작인 젊은이였다. 나는 독일에서 무슨 일이 일어나고 있는지 알지 못했다. 폭탄이 왜 떨어지는지, 유대인이 왜 미움을 받는지, 내가 어쩌다 이런 전쟁에 휘말려 들었는지 알지 못했다. 그러나 이 날에 내가 결코 투명인간과 같은 존재가 될 수 없음을 알았다.

"잠깐만." 정원사가 말했다.

나는 걸음을 멈추었다.

정원사는 집게손가락을 들어 보였다. "네 애프터쉐이브. 뭐야? 향이 마음에 드는데."

나는 부리나케 뛰었다. 뛰면서 권총을 내 재킷 주머니에 넣고는 걸음아 날 살려라, 냅다 뛰었다. 정원사는 앉아서 차를 마셨다.

그녀는 목에 키스를 하며 나를 맞아주었다. 내 셔츠는 등 부분이 땀으로 젖어 있었다. 나는 샤워를 했고, 그녀는 수건으로 물기를 닦아주었다.

나는 침대에서 그녀 옆에 누워 이렇게 물었다. "네 부모님을 어떻게 명단에서 뺄 수 있었던 거야?"

"무슨 소리야?"

"어떻게 하냐고, 스텔라."

그녀는 알아들었다. 얼굴에서 표시가 났다. 일순간 그녀의 표정이 일그러졌다.

"나는 옳은 일을 했어."

"알아."

"넌 아무것도 몰라."

그녀는 일어나서 자신의 담배 케이스에서 유노 담배를 하나 집더니 닫힌 창문 앞에서 담배를 피우기 시작했다.

"네 시계 자네." 그녀가 말했다.

"스텔라. 난 이제 진실을 알아야겠어."

"시계가 왜 가지 않을까?"

나는 침대 옆 협탁에 놓인 도자기 스탠드에서 전등을 집어서 실크 벽지를 향해 냅다 던졌다. 스텔라는 나를 바라다보더니 침대를 빙 돌아가서 깨진 전등 조각들을 모아 쓰레기통에 버렸다. 그러고는 깨진 조각 하나를 손에 든 채로 내 옆 침대 매트리스에 앉았다.

"이제 네게 모든 걸 이야기해줄게." 그녀는 숨을 한 번 크게 쉬었다. "다 듣고 나면 넌 나를 떠나게 될 거야."

나는 그녀의 입을 바라보며 기다렸다. 더 이상 두렵지 않았다.

"듣고 나면 넌 나를 떠나게 될 거야." 그녀는 다시 한번 말하며 고개를 끄덕였다.

그녀는 나를 꿰뚫어보는 듯한 눈길로 이야기를 이어나갔다. 그리고 마침내 이야기를 끝낸 그녀가 "이제 꺼져버려."라고 말했다.

나는 일어섰다. 그녀의 목소리가 들릴락 말락 했다.

"언젠가 너의 아이들에게 내 이야기를 해줘. 그럴 거지?"

스텔라는 무릎 위에서 손으로 깨진 전등 조각을 감쌌다. 힘이 다 빠져나간 듯 어깨가 앞으로 기울어졌다.

나는 그녀 앞에 무릎을 꿇고 그녀의 눈을 올려다보았다. 그녀가 고개를 앞으로 더 떨구어 내게 머리를 대었다. 내 이마는 사춘기 시절부터, 거의 눈에 띄지 않을 정도로 약간 안쪽으로 들어가 있었다. 나는 다른 사람도 그렇다고 생각했다.

스텔라는 내 이마에 자신의 이마를 대었다. 이마가 서로 맞춘 것처럼 딱 들어맞았다.

"난…." 그렇게 입을 떼던 나는 더 이상 뭔가를 말할 필요가 없다는 걸 깨달았다. 우리는 함께 있었다.

이 여자는 한 몸으로 여러 개의 역할을 감당했다. 누드 모델로, 가는 목소리의 가수로, 내 욕조 안의 미인으로, 고해자로, 거짓말쟁이로, 희생자로, 가해자로. 스텔라 골트 슐라크. 유대인을 잡으러 다니는 자. 나의 여인.

사람을 구하기 위해 사람을 배신하는 게 잘못된 일일까?

사람을 구하기 위해 사람을 배신하는 게 옳은 일일까?

나는 어디로든 숨어들고 싶었다. 내가 운명을 감당할 수 없음을 알았으므로. 하지만 거기에 다른 감정이 섞였다. 나는 스텔라와 연대감을 느꼈다. 그녀는 다른 사람들에게 미움받을 일을 했다. 그리고 나는 그녀를 도와준 셈이었다. 나는 그녀를 이해하지 못했다. 그럼에도 나는 그녀 곁에 있었다.

그녀는 만나는 사람에 따라 여러 가지 다른 역할을 했다. 내게는 집이 되어 주었다. 세상에 우리밖에 없었다.

어느 순간 그녀가 중얼거렸다. "두려움보다 더 나쁜 게 외로움이었어."

그녀는 내 목에 손을 얹었다.

"더 이상 계속해서는 안 돼." 내가 애원했다.

이마에서 그녀가 살짝 고개를 흔드는 게 느껴졌다.

1942년 12월. 하인리히 힘러가 독일에 사는 모든 집시를 아우슈비츠-비르케나우로 이송할 것을 명령한다. 독일의 언론은 등화관제 시간을 다소 제한할 것을 촉구한다. "때를 보아 등화관제를 좀 풀라! 낮에 전기를 아끼고, 불을 켜게 하라!" 〈독일 출판유통경제신문*Boersenblatt des deutschen Buchhandel*〉은 서점 주인들에게 크리스마스를 맞아 책 공급량을 좀 늘리기 위해 창고의 책들을 대방출할 것을 권고한다. 1942년의 근로소득세 카드는 종이 절약 차원에서 이듬해에도 그대로 적용된다. 작가이자 신학자인 요헨 클레퍼와 그의 유대인 아내, 양녀가 강제수용소에 수감되지 않기 위해 자살을 한다. 추수감사절을 맞이하여 일본 도쿄에서 리하르트 바그너의 오페라 〈로엔그린〉이 상연된다. 제국 계몽선전부는 베를린의 사설 극장들을 몰수해야 한다는 법령을 공포한다. 물자 부족이 심화되면서 독일의 언론은 '비누를 아낍시다-세탁물을 보호합시다'라는 기치 아래 주부들에게 5주에 한 번씩만 빨래를 할 것을 촉구한다. 물리학자 엔리코 페르미는 시카고에서 최초로 인공적 핵 연쇄반응에 성공한다.

우리는 벙커에서 밤을 보냈다. 앉아서 잠을 잤다. 지하 벙커에서는 더 이상 바이올린이 연주되지 않았다.

천정을 통해 대공포 소리가 들렸다. 소이탄이 이웃 건물에 떨어지자 그 압력파에 벙커 벽의 백회가 떨어져 나가면서 뽀얀 구름이 일어나 5분 동안 시야를 가렸다. 나는 며칠 동안 기침을 하며 하얀 가래를 뱉었다.

스텔라는 종종 가죽 코트 차림으로 혼자 시내에 갔다. 우리는 그에 대해 침묵했다.

아직 우리에게 몇 밤이 남아 있었다. 포탄이 떨어지지 않으면 그녀는 내 옆에서, 언젠가 그녀가 표현한 말을 빌리자면 나의 '굴 속'에서 내 손을 어루만졌다. 잠이 들면 그녀의 냄새를 맡을 수가 없기에 잠을 자지 않으려 노력했다.

아침에 그녀는 노래를 불렀다. 그녀는 반제에 출연해서 세 곡을 부를 생각이었다.

"트리스탄이 저녁 시간에 고정출연할 수 있도록 주선해 준대. 제국 음악원을 위한 아리아인 증명서를 나에게 마련해 준대."

"트리스탄의 말이군."

"내 이름을 밖에다 걸어놓을 거래."

"위험하지 않을까?"

"뭐가 위험해?"

"네가 유대인이니까 말야."

스텔라는 이상야릇하게 웃었다.

그녀가 말했다. "혹시 모두가 유대인을 미워하는 이유가 있을지, 그게 뭔지 생각해 봤어?"

"그런데 네슈메Neschume가 무슨 뜻이야?"

그녀는 나에게 다가왔다. 마치 나를 한 대 칠 것 같은 분위기였다. 그 말이 그녀가 평소 미소 뒤에 숨기고 있던 뭔가를 건드린 듯했다.

"그 말 어디서 들었지?"

순간 그녀가 평소 구사하던 베를린 억양이 사라졌다. 그녀는 표준 독일어로 말했다.

"네게서." 내가 대답했다.

"난 그런 말 한 적이 없어."

"자면서."

"거짓말."

스텔라가 나에게 바짝 다가왔다. 나는 확대된 그녀의 동공을 바라보았다.

"난 네 뒤를 밟지 않아." 그녀가 말했다. "이제 널 잘 모르겠어."

"표준 독일어를 쓰네."

그녀는 피곤한 미소를 지었다. 이 여자에게서 모든 거짓말을 빼면 뭐가 남을지 알 수 없었다.

"계속 그렇게 표준어로 말할 수 있었던 거야? 아님….."

"아….." 그녀는 숨을 깊이 들이마셨다.

나는 결국 이해했다. 모든 사랑에는 대답하기엔 너무 늦어버린 순간이 있다.

"네슈메." 내가 다시 중얼거렸다.

"그만 해. 그 말이 무슨 뜻인지도 모르면서."

"네슈메."

그녀의 입술이 눈물에 젖어 반짝였다.

"프리츠, 우리가 뭘 한 거지?"

그녀의 윗입술에서 짠맛이 느껴졌다. 나는 바지를 열고 스텔라를 높이 들어 올렸다. 그리고 그녀를 이젤 옆 뷔르 (작은 책상)에 앉혔다.

그녀를 그릴 수 있다면, 이런 각도에서 그리고 싶었다. 뷔르에 앉은 채, 내 목에 손을 두르고, 등을 뒤로 젖혀 고개가 창유리 쪽을 향하고 있는 그녀의 모습.

"넌 울 때가 아름다워." 내가 말했다.

그녀는 한 손으로 내 머리칼을 헤집었다.

"제발, 노래하지 마." 내가 다시 애원했다.

"네슈메." 그녀에게서 그 단어가 원래의 발음으로 울려 나왔다.

"스텔라, 내 말 듣고 있어?"

"이디시어야."

그녀는 따뜻하고 부드러웠다. 나는 침묵했다.

"영혼이라는 뜻이야."

1942년 크리스마스이브에 베를린엔 비가 내렸다. 그랜드 호텔의 로비에 촛불 밝힌 전나무가 서 있었다. 스텔라가 아직 잠들어 있는 이른 아침에 나는 호텔을 나서서 시내를 산책했다. 동물원에서는 여자들이 땔나무를 모으고 있었다.

　호텔로 돌아와 바에 가서 프란츠에게 아침 식사를 주문했다. 이제는 그랜드 호텔에서도 부족한 식료품이 많았다. 하지만 돈을 충분히 지불하면 웨이터가 원두커피를 가져다주었다.

　우리 방에 와서 이불 아래로 비어져 나온 스텔라의 발을 어루만졌다. 하얀 제복을 입은 두 남자가 테이블을 설치하고 아침상을 차릴 때에도 그녀는 그냥 누워 있었다.

　"뭘 가져다줄까?" 내가 물었다.

　"클라이너?"

　"응."

　"넌 정말 근사한 사람이야."

　"커피?"

　"응, 그리고 슈리페(식사용으로 먹는 작고 길쭉한 빵, 베를린에서는 슈리페라고 하고, 다른 지역에서는 브뢰첸이라고 한다―옮긴이)에 마멀레이드를 발라 줘."

　나는 슈리페를 반으로 갈라 스텔라가 평소 즐겨 먹는 방식으로 마멀레이드를 한 스푼씩 얹었다.

　"오늘이 그 날이야." 스텔라는 그렇게 말하더니 몸을 일으켜 커피잔을 잔 받침에 놓았다.

우리는 침대에 누워 동판으로 된 창턱에 비가 요란하게 떨어지는 소리를 들었다. 스텔라가 내 손을 꼭 잡았을 때 나는 마지막에는 모든 것이 좋아질 수 있을지도 모른다고 생각했다.

오후에 우리는 비누거품을 많이 내어 함께 목욕을 했다. 그 뒤에 그녀는 발가벗고 거울 앞에 앉아 화장을 했다. 나는 한때 어머니 것이었던 물소뿔 빗으로 스텔라의 머리를 빗겨 주었다.

나는 말을 더듬었다.

"진실… 그것은… 히, 히비스커스꽃 같은 게 아냐."

"뭐라고?"

"히비스커스. 내 말은…."

스텔라는 루즈 솔을 내려놓고는 두 팔로 나의 한쪽 다리를 끌어안았다.

"괜찮아, 걱정하지 마." 그녀가 말했다. "괜찮다고." 내 바지에 루즈 자국이 남았다.

스텔라가 아직 욕실에 앉아 있을 때 나는 옷장으로 가서 셔츠 사이에 놓인 권총을 꺼냈다.

택시를 타고 꽤 오래 갔다. 스텔라는 내 옆에 앉아, 안절

부절못하며 음계를 연습했다. 택시 운전사는 병맥주를 마시며 연신 백미러를 흘긋거리더니 "거 무슨 일인지는 잘 모르겠소만 조용히 좀 갑시다."라고 했다.

스텔라는 입을 다물었다. 한순간 자동차 지붕에 떨어지는 빗소리만이 들렸다.

"제 아내가 가수라서요." 내가 말했다. "곧 무대에 서야 해서 그러니, 양해 좀 해주시죠?"

스텔라가 내 집게손가락을 집더니 손으로 감쌌다.

"다, 내 잘못이야." 그녀가 소근거렸다. 목에 그녀의 숨결이 느껴졌다.

"잘못은 없어." 나는 대꾸했다.

우리는 지각했다. 트리스탄은 진입로에서 우리를 기다리고 있었다. 비를 머금은 깃발이 깃대에 걸려 있었다. 트리스탄은 스텔라에게 키스로 인사했다.

"메리 크리스마스 & 하일 히틀러!"

트리스탄이 그렇게 인사하며 나를 포옹했다.

"조만간 우리 집에 다시 한번 들러." 그가 말했다.

이 저녁에 스텔라는 아름다워 보였다. 언젠가 그 말을 해주면 좋을 텐데. 한 해 동안 통통하던 살이 빠져 야위어 있었다. 화장기 없는 얼굴에, 굵은 웨이브가 진 금발 머리.

머리는 머잖아 묶을 수 있을 것 같았다. 손목에는 아버지가 선물한 시계를 차고 있었다. 하이힐을 신어 나보다 키가 컸다.

저택에서는 렙쿠헨(독일에서 크리스마스 때 먹는 과자, 진저브레드 쿠키), 밀랍, 그리고 전나무 잎 냄새가 났다. 트리스탄은 스텔라를 데리고 홀을 가로질렀다. 모두가 그들을 쳐다보았다.

벽에 기대어 트리스탄과 그녀를 바라보던 나는 그녀가 연기를 하는 게 아니라는 사실을 깨달았다. 나는 가죽 코트를 입은 채 홀로 시내에 갈 때의 그녀는 진정한 그녀가 아니라고 생각했었다. 이제야 나는 그 모습 역시 그녀였음을 깨달았다.

급사가 모스크바 보드카를 따라주며 다녔다. 손님들은 받아먹는 술이 모스크바 보드카라는 걸 재밌는 농담으로 여겼다. 스텔라는 마시지 않았다.

스텔라가 내 옆으로 와서 벽에 기대어 선 채 귀에 대고 속삭였다. "부탁이니 이제 아무 말도 하지 마."

나는 고개를 끄덕였다. 그녀는 내 뺨에 키스를 했다. 그녀는 왼손에 시계를 차고 있고 나는 오른손에 시계를 차고 있어서 시계끼리 부딪혀 달그락거리는 소리가 났다.

나는 스텔라를 더 이상 보지 않으려 했다. 그녀는 내 턱을 잡아서 내 얼굴을 자신의 얼굴 쪽으로 돌렸다.

"내가 미워?" 그녀가 물었다.

그러고는 내 뺨을 손으로 천천히 감싸더니 엄지손가락으로 흉터를 어루만졌다. 샹들리에 불빛이 그녀의 동공에 반사되었다.

"이제 가 봐야 할 것 같아."

"행운을 빌어." 내가 속삭였다.

그녀가 고개를 끄덕이며 덧붙였다.

"올 한 해 동안 고마웠어."

스텔라는 사람들을 통과해 정원으로 이어지는 유리문 앞에 설치된 작은 무대로 갔다. 무대에는 그랜드피아노와 금속제 스탠드마이크가 세워져 있었고, 뒤로는 밤의 호수가 놓여 있었다.

스텔라가 무대 위로 올라갔다. 피아니스트가 그녀에게 고개를 끄덕였다. 손님들은 말을 멈추었다. 많은 손님이 제복 차림이었고, 니커스knickers(무릎까지 내려오는 품이 넉넉한 반바지)를 입은 사람들도 여럿이었다. 거의 모두가 오른쪽 팔에 면으로 된 하켄크로이츠 완장을 차고 있었다. 바지줌에 찬 권총이 묵직하게 느껴졌다.

피아니스트가 '홀로 지샐 밤이 아니어라Die Nacht ist nicht allein zum Schlafen da'(1830년의 파리를 배경으로 한 1938년 독일 영화 〈화산과 춤Tanz auf dem Vulkan〉에서 처음 알려진 노래로, 이후 많은 아티스트들이 리메이크했다—옮긴이)의 재즈풍 도입부를 연주하기 시작했다. 홀 다른 쪽 끝, 계단 앞에 앉은 트리스탄이 발을 까딱거리는 게 보였다. 스텔라는 두 손으로 스탠드마이크를 쥐었다.

속삭이는 듯한 그녀의 베를린 사투리에 어울리는 노래였다. 이젠 결코 다시 들을 일이 없을 그녀의 노래.

피아니스트의 마지막 음이 끝나자 몇 초 사이를 두고 청중들의 박수가 터져 나왔다. 스텔라는 이 순간 자신이 원하는 곳에 있었다.

그로세 함부르거 가에는 토니와 게르하르트 골트슐라크가 서로 손을 잡은 채 마룻바닥에 웅크리고 있겠지.

결코 너를 떠나지 않아. 맹세할게.
배반은 거창한 말이다.

스텔라는 다음으로 '독일의 노래Deutschlandlied'를 불렀다.

몇 음을 부르자마자 남자들이 따라 불렀다.

　세 번째 노래를 부르기 전에 스텔라는 잠시 멈추더니 할 말을 생각하듯 심호흡을 했다. 하지만 나는 그녀가 오래전에 지금 이 순간 할 말을 생각해 놓았다는 걸 알고 있었다. 그녀는 홀을 가로질러 나를 바라다보면서 고개를 끄덕였다. 그러고는 "살 수 있어서 감사합니다."라고 말했다.

　그 말에 서로 마주보는 사람들이 있는가 하면, 낮은 소리로 소곤거리는 이들도 있었다. 그녀가 농담이라도 한 듯 소리 내어 웃는 이도 있었다. 어느 여성은 오른팔을 들었다. 피아니스트가 '스타더스트Stardust'의 첫 화음을 쳤다.

　나는 살아가면서 이 노래를 연거푸 듣게 될 터였다. '스타더스트'. 그 노래는 반제의 슈바넨베르더 저택과 어울리지 않았다. 바로 그 해, 거기 있는 그 사람들과 어울리지 않았다. 나는 스텔라의 노래를 들었다.

　　…때로 나는 묻곤 해.
　　외로운 밤들을 어찌하여 노래를 꿈꾸며
　　보낼까 하고
　　멜로디는 내 몽상을 따라다니지
　　언젠가 너와 다시 함께할게

우리가 처음 사랑했을 때

키스 하나하나가 영감이었어

하지만 그건 오래전의 일

이제 노래의 황홀경만이 나를 위로하네

그녀는 내가 벽에서 몸을 떼고 뒤편 문으로 걸어가는 것을 바라보았다. 얼굴 표정은 변하지 않았지만, 그녀가 나를 보고 있음을 알았다. 목소리가 청아하게 울렸다.

밖에는 택시 운전수들이 서서 담배를 피우고 있었다.

"어디로 모실까요?"

차 문으로 다가가는데 홀에서 박수갈채가 들렸다.

"안할터 역으로 가주세요."

수요일 저녁마다 남쪽으로 출발하는 밤 기차가 있다는 걸 알고 있었다. 크리스마스 이브에도 예외가 아니기를 나는 바랐다. 아마도 그럴 것이다. 독일인들은 계획을 좋아하니까. 나는 그랜드 호텔로 돌아가지 않았다. 아무것도 가지고 가지 않았다. 나는 소문과 진실을 구분하는 것이 중요하다고 믿었으므로 이 도시에 왔다. 그리고 이제 이 도시에서 도망치고 있었다. 나는 편지를 남기지 않았고, 아무에게도 "아우피더제엔,Aufwiedersehen,"(독일의 작별인사로

비더제엔 즉 '또 보자'라는 의미)이라 말하지 않았다. 다시 볼 일은 없을 것이기에.

슈프레 강을 건널 때 나는 운전수에게 잠시 멈춰 달라고 부탁했다. 택시에서 내린 후 바지춤에서 권총을 빼내 강물에 던졌다.

기차는 선로에 서 있었다. 나는 1인실 기차표를 끊고, 리어카에 과일을 놓고 파는 역 앞 광장의 행상에게서 사과 한 봉지를 샀다. 그리고 그 행상에게 남은 식료품 배급표를 주었다.

기차가 움직이기 시작했을 때, 내가 아직 가지 않은 길을 떠올렸다.

나는 마음을 돌려 다른 여자와 결혼하고, 스텔라라는 여자가 아예 없었던 듯 살 수 있을 것이다. 나는 웃을 것이고, 취해서 그녀에 대해 이야기할지도 모른다. 그녀가 마치 내 전리품이었던 양. 사실은 그 반대였다는 걸 알지만 말이다. 나는 인생의 마지막에, 내가 얼마나 사랑받았는가보다 얼마나 사랑했는가로 행복을 측정한다고 말할지도 모른다. 나는 그녀를 잊으려 노력할 것이다. 삶은 우리를 거짓말쟁이로 만든다.

샴페인을 마실 때마다 그녀가 떠오를 것이다. 사과를 먹을 때마다, 목탄을 들 때마다, 공연을 볼 때마다, 재즈를 들을 때마다, 보조개를 볼 때마다, 춤을 추는 밤마다. '베를린' '호텔' '유대인'이라는 단어가 나올 때마다.

나는 티롤리안 모자를 비스듬히 썼던 여인을 생각했다. 샤넬의 어두운색 실크 드레스를 입었던, 가죽 코트를 입었던, 크리스틴이라 불렸던 21세의 아가씨. 스텔라 잉그리드 골트슐라크를.

나는 거짓말투성이였던 여자를 생각했다. 그녀가 얼마나 많은 사람을 밀고했는지 알지 못했다. 백 명인지, 이백 명인지.

나는 내 여인을 생각했다. 나는 너를 생각했다.

너의 이빨 사이 틈새, 부드럽고 굵은 모발을 생각했다. 우리는 4월에 호숫가에서 결혼할 수 있었을 텐데. 나는 네게 극장을 지어주고, 금은박 장식된 드레스를 훔쳐다 줄 수 있었을 텐데. 너는 나와 함께 빈의 왈츠를 출 수 있었을 텐데, 서툴지만 행복하게 출 수 있었을 텐데. 너는 내 아이들의 엄마가 되고, 나와 너는 손 잡고 공원을 거닐 수 있었을 텐데. 너와 함께 오리엔트 특급열차를 타고 이스탄불로 가서 시장통의 달달한 커피를 마셨을 텐데. 너는 우리 집 벽을 알록달록 칠했을 텐데. 자동차에 너와 나란히 앉아

시시껄렁한 노래를 불렀을 텐데. 매일 아침 너는 내 품 안에서 깨어날 수 있었을 텐데. 나는 너를 영원히 놓아주지 않았을 텐데. 나는 네게 진실을 이야기했을 텐데….

기차가 굴러갔다. 나는 나비넥타이를 풀어서 턱시도 안쪽 호주머니에 넣었다. 주머니에서 쪽지가 만져졌다.

아빠 말은 틀렸다. 잘못은 있다.

나는 창밖으로 베를린의 불빛을 바라보았다. 내가 영원히 결핍된 상태로 살아가게 되리라는 사실을 나는 알았다. 그러나 나는 또한 감사했다. 너는 나의 가장 아름다운 기억으로 남을 것이기에. 사랑이 무엇인지를 나에게 알려줘서 고마워.

내 무릎에 사과 봉지가 놓여 있었다. 기차는 속력을 내며 남쪽으로 내달렸다.

도시의 불빛이 차츰 희미해졌다. 더 이상 되돌리는 건 불가능했다. 독일은 이제 어둠 속에 남았다.

나는 창문을 살짝 열고는 턱시도 안주머니에서 쪽지를 꺼내 바람에 날려 보냈다.

질문: 당신의 자백과 관련하여, 스텔라 당신은 스스로 어떤 죄가 있다고 생각합니까?

답: 신문 지상에서 내가 많은 여성, 아이, 남자들을 불행으로 몰아넣었다는 보도를 보았을 때, 마음이 몹시 심란했습니다. 그래서 양심에 손을 얹고 생각을 해보았습니다. 그리고 이런 확신에 이르렀어요. 내가 저지른 유일한 잘못이자 유일한 범죄는 바로 내가 유대인으로서 외근을 하는 게슈타포로 일했다는 것입니다. 하지만 이렇듯 게슈타포 일을 하게 된 건, 결코 내가 원한 바가 아니라는 점을 말씀드립니다. 나는 기억이 나는 모든 사례를 자발적으로 진술했으나 긴 시간을 두고 진행된 일이라 모든 것이 세세히 기억나지는 않습니다. 당분간은 달리 진술할 것이 없습니다.

1946년 3월 8일
베를린 형사부, KJ F-zbV 부

1942년 크리스마스 직후 게슈타포들은 베를린 사비니 광장에 위치한 자택에서 트리스탄 폰 아펜을 체포했다. 경찰이 불시에 들이닥쳤을 때 폰 아펜은 로크포르(세계 3대 푸른곰팡이 치즈 중 하나)와 스위트 크림버터가 놓인 테이블 앞에 앉아 있었다. 축음기에서는 재즈 스탠더드인 베니 굿맨의 '문라이트'가 흘러나오고 있었다. 트리스탄 폰 아펜이 구속된 것은 외국에서 익명의 제보자가 게슈타포에게 전화를 걸어 언질을 준 덕이었다. 검찰은 신속 재판에서 폰 아펜이 전시경제 명령, 식품법, VVO(국민에게 해악을 끼치는 자라는 뜻으로 1939년 9월 5일, 2차 대전 발발 나흘 뒤에 제정된 조례─옮긴이)를 위반했다고 보고, 그를 사보타주, 밀수, 조국 배반 등의 죄목으로 기소했다. 판사는 폰 아펜이 SS(나치 친위대) 상급돌격대 지도자였다는 점을 들어 재발 방지 차원에서 선례를 남겨야 한다며 교수형을 선고했다. 그가 교수형을 당하며 마다가스카르 계획은 중단되었다.

발터 도베르케는 전쟁이 끝날 때까지 그로세 함부르거가의 집단수용소에서 근무했고, 1945년 포즈난에 소재한 소련 전쟁포로 수용소에서 디프테리아로 숨졌다.

노아 K.는 아우슈비츠로 이송되었으나 살아남았다. 아우슈비츠에서 권투중대에 자원해 들어갔기 때문이다. 그는 오늘날 이스라엘에서 야자수 길이 끝나는 곳에 살고 있다.

시오마 쇤하우스는 1943년 자전거를 타고 베를린에서 스위스로 도피했다. 손수 위조한 병역필증명서를 활용해 모든 검문소를 통과했다. 바젤로 간 그는 공예학교에서 장학금을 받으며 그래픽 디자인을 공부한 뒤 그래픽 디자이너로 일했다. 네 아들을 두고 92세까지 살았다.

토니와 게르하르트 골트슐라크는 1943년 기차에 태워져 아우슈비츠로 이송되었고, 그곳에서 세상을 떠났다.

요제프 괴벨스는 1943년 6월 19일 베를린을 유대인 클린free of Jews 지역으로 선포했다.

스텔라 골트슐라크는 1943년 9월 딸을 출산하고 이본느라 이름 짓는다. 아버지가 누구인지는 알려져 있지 않다.

골트슐라크는 전쟁이 끝날 때까지 게슈타포를 위해 일했다. 부모가 세상을 떠난 다음에도 말이다. 부모가 가스실에서 죽임을 당했는데도 계속해서 유대인 색출에 가담했던 이유를 그녀는 밝히지 않았다. 그녀는 다섯 번 결혼했으나, 어느 결혼도 오래 가지는 못했다. 전쟁 후 그녀는 베를린에서 파시즘의 희생자임을 자처했지만, 베를린의 유대인들이 그녀가 누군지 알아보는 바람에 체포되었다. 소련 군사법정은 1946년 5월 31일 그녀에게 살인 방조죄로 10년 형을 언도했다. 이 책에서 인용한 증언들은 이 법정에서 이루어진 내용들이다.

골트슐라크의 딸은 양부모에게 맡겨졌다.

스텔라 골트슐라크가 얼마나 많은 유대인을 게슈타포에게 밀고해 넘겼는지는 밝혀지지 않았다. 검찰이 스텔라를 기소했을 때 대다수 희생자가 세상을 떠난 상태였기 때문이다. 다만 몇백 명 수준일 것으로 추정된다.

스텔라 골트슐라크는 10년간 복역한 뒤, 1958년 모아비트 형사법원에 의해 또 한 번 기소되어 10년 형을 언도받았다. 하지만 이미 복역한 것이 인정되어 다시 복역하지는 않았다. 1994년, 스텔라 골트슐라크는 프라이부르크에 있는 자신의 아파트에서 뛰어내려 죽고 만다.

장례식은 구원자의 교회 뒤편 개신교 공동묘지에서 열렸다. 그녀가 전쟁이 끝난 뒤 기독교로 개종했기 때문이었다. 이혼한 전 남편들 중 장례식에 참석한 사람은 한 명도 없었다. 이스라엘에 거주하던 딸 이본느 역시 오지 않았다. 딸은 엄마와 연락을 끊고 지낸 지 오래였다. 장례에 참석한 사람은 두 명이었다. 여자 목사와 남자 노인 한 명. 노인은 관 위에 해바라기 꽃을 놓았다. 목사는 간략한 조사를 했고 장례비용은 신탁회사에서 부담했다.

여자 목사가 나중에 묘지에 갔을 때, 그녀는 스텔라 골트슐라크의 무덤가에서 눈길을 끄는 물건 하나를 발견했다. 나무 십자가 위에 걸린 롤렉스 손목시계였다.

옮긴이 **유영미**

연세대학교 독문과와 동 대학원을 졸업한 뒤 전문 번역가로 활동하고 있다.
옮긴 책으로 《더 클럽》《삶이라는 동물원》《안녕히 주무셨어요?》《왜 세계의 절
반은 굶주리는가》《감정 사용 설명서》《인간은 유전자를 어떻게 조종할 수 있을
까》《여자와 책》《나는 왜 나를 사랑하지 못할까》 등이 있다. 2001년 《스파게티
에서 발견한 수학의 세계》로 과학기술부 인증 우수과학도서 번역상을 수상했다.

스텔라

첫판 1쇄 펴낸날 2020년 9월 10일

지은이 | 타키스 뷔르거
옮긴이 | 유영미
펴낸이 | 지평님
본문 조판 | 성인기획 (010)2569-9616
종이 공급 | 화인페이퍼 (02)338-2074
인쇄 | 중앙P&L (031)904-3600
제본 | 에스제이피앤피 (031)942-6006

펴낸곳 | 황소자리 출판사
출판등록 | 2003년 7월 4일 제2003-123호
주소 | 서울시 종로구 송월길 155 경희궁자이 오피스텔 4425호 (03165)
대표전화 | (02)720-7542 팩시밀리 | (02)723-5467
E-mail | candide1968@hanmail.net

ⓒ 황소자리, 2020

ISBN 979-11-85093-95-6   03850

* 잘못된 책은 구입처에서 바꾸어드립니다.